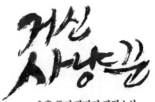

온후 퓨전 판타지 장편소설

WISHBOOKS FUSION FANTASY STORY

검신 사냥꾼 2

온후 퓨전 판타지 장편소설

초판 1쇄 찍은 날 | 2017년 12월 1일
초판 1쇄 펴낸 날 | 2017년 12월 8일

지은이 | 온후
펴낸이 | 예경원

기획 | 위시북스
편집책임 | 이규재
편집 | 이즈플러스

펴낸곳 | 예원북스
등록번호 | 제396-2012-000132호
등록일자 | 2012. 7. 25
KFN | 제1-189호

주소 | 경기도 고양시 일산동구 호수로 646-24 위너스21 II 빌딩 206A호 (우)10401
전화 | 031-819-9431 팩스 | 031-817-9432
E-mail | yewonbooks@naver.com

ⓒ온후, 2017

ISBN 979-11-6098-699-0 04810
        979-11-6098-697-6 (set)

거신 사냥꾼 2

온후 퓨전 판타지 장편소설

WISHBOOKS FUSION FANTASY STORY

거선
사냥꾼

CONTENTS

7장 절대지배(2)   7

8장 너로 정했다   27

9장 이타콰   91

10장 나찰산   131

11장 아귀   187

12장 야차   229

13장 되새기다   257

14장 심연의 깊이(1)   309

7장
절대지배(2)

　나는 진짜 브뤼시엘을 봤다. 관리자의 힘을 얻고 타 차원으로 넘어갔을 적에, 그곳의 악신인 브뤼시엘이 나를 쫓아낸 일이 있었다.

　과연, 둘의 분위기가 묘하게 닮아 있었다.

　왜 그를 선택했는지 알 것 같았다.

　"내가 너 따위보다 부족하단 말이냐?"

　"너의 신에게 물어봐라. 그러면 답해줄 것이다."

　"그게 무슨 뜻이지?"

　"말 그대로의 뜻이다."

　정말 다른 뜻은 하나도 없었다.

　나는 자리에서 일어났다.

그리고 천천히 걸어나갔다. 이곳에 더 이상 있으면 정신이 다시 날아갈 것만 같았다.

"이름이 무엇이냐."

내 등 뒤로 안달톤 브뤼시엘의 목소리가 다시금 들렸다.

100년 만에 등장해서 그런지, 아니면 원래부터 우리엘 디아블로가 존재감이 없어서 모르는 건지는 모르겠지만, 나는 내심 혀를 차며 입을 열었다.

"……우리엘. 우리엘 디아블로다. 안달톤 브뤼시엘이여."

"우리엘 디아블로."

그가 되뇌었다.

내심 찔렸다. 기억하고 곱씹겠다는 뜻일까?

'다시 돌아올 수 있는 게 확인되었다.'

나는 고개를 내저으며 생각했다.

그동안은 혹시 몰라서 전이를 시도하지 않았다.

다시 돌아가지 못할 가능성도 염두에 뒀어야 하기 때문이다. 하지만 이번에도 제한 시간이 있는 걸 보면 그런 건 아닌 듯했다.

'이번엔 제법 시간이 길지.'

저번 전이에서도 꽤 많은 걸 얻었다.

이번엔 그때보다 몇 배나 긴 시간이 생겼다.

현실에서의 몸이 걱정되긴 하지만 요르문간드와 시리아가

있으니 당장 위험할 일은 없을 것이다.

'두 신체가 서로에게 영향을 끼친다면…….'

영향을 끼친다는 게 단순히 상처를 뜻하는 게 아니다.

심안과 지배자를 얻은 것처럼, 다른 것들도 가능할지 모른다.

우리엘 디아블로의 전매특허 대마법, 검은별. 혹은 또 다른 것들도.

'확인할 수 있는 모든 것을 해봐야겠군.'

나는 숨을 크게 들이마셨다.

스킬만이 아니라 내가 끼칠 수 있는 모든 영향의 범위에 대해서 알아야 한다.

예컨대…… 내가 지금 지구의 일에도 개입을 할 수 있는지. 할 수 있다면 어디까지 가능한지 등등을!

그러니, 해야 할 일이 아주 많았다.

첨탑을 내려오자 자동으로 문이 열렸다. 그와 동시에 나는 살벌한 눈빛들과 마주하게 되었다.

안달톤 브뤼시엘. 그를 따르는 수천의 괴물. 그 흉흉한 눈빛은 간담을 서늘케 만들기 충분했다. 이만한 군단이 지구로 침공하는 걸 생각하니 정신이 아찔해졌다.

그들은 이미 전투태세였다. 자신의 주인이 백여 일간 첨

탑에서 나오지 않았으니 나를 바라보는 시선이 좋을 리 만무했다.

"아……!"

또 다른 탄성도 있었다.

라이라 디아블로. 그녀는 본래 활화산과 같은 눈빛으로 안달톤 브뤼시엘의 군단을 노려보고 있었다. 하지만 내 얼굴을 보자마자 해맑은 꽃이 피었다.

"아버지! 무사하셨군요!"

라이라가 뛰어들어 내 다리를 부둥켜안았다. 라이라도 1.8m는 되어 보임 직한 작지 않은 키였지만, 지금의 나는 그 두 배에 달하는 신장이었다. 덕분에 고목나무에 매달린 매미처럼 보였다.

나는 작게 인상을 구겼다.

우리엘이 느꼈을 감정을 왜인지 내가 느끼는 것만 같았다. 그 전율과 학살의 여왕이 사랑스럽게 느껴지다니!

'미친놈!'

나 자신을 욕하며 내심 고개를 내저었다.

그녀는 전율과 학살의 여왕이다.

학살! 그 단어가 왜 붙어 있겠는가.

죽어 나간 동료들의 눈이 아직도 잊히지 않는다. 지금은 없던 일이 되었다지만 나는 잊을 수 없었다. 적어도…… 정은 주지 말아야 했다.

라이라는 이내 자신의 실책을 깨닫곤 한 발자국 물러났다.

"죄…… 송합니다. 로드시여. 너무 기쁜 나머지."

"우리엘 디아블로! 우리의 로드께선 왜 안 내려오시는 거지?"

냉정하기 짝이 없는 말소리에 나는 고개를 돌렸다.

둠 나이트가 나를 바라보고 있었다. 검은 갑옷을 걸치고 용의 날개를 단, 데스나이트의 상위종이다. 나조차도 '보라색 문'을 통해 단 한 번 본 무지막지한 괴물.

'전쟁이라도 불사하겠다는 태도로군.'

훈련이 잘됐다. 무엇보다 진심으로 안달톤 브뤼시엘을 따르고 있었다. 마음에서 우러나오는 눈빛이었다.

만약 내가 그에게 해코지를 했다면, 이곳을 불바다로 만들어버리는 것도 개의치 않겠다는 듯 공격적으로 나를 노려봤다.

하지만 괜한 걱정이었다. 나는 어깨를 으쓱했다.

"무슨 소란이냐."

이어 문 쪽을 바라보자 안달톤 브뤼시엘이 유유자적 걸어나오고 있었다.

"로드를 뵙습니다."

척!

둠 나이트를 비롯한 괴물들이 일사불란하게 한쪽 무릎을 꿇었다.

"괜한 소란을 떨었구나."

이내 상황을 인지한 안달톤 브뤼시엘은 쯧! 하고 작게 혀를 차곤 그대로 걸어나갔다.

이곳에서의 일이 끝나 더 이상 미련이 없다는 것처럼.

"다시 보자, 우리엘 디아블로."

내게도 한마디 남겼다.

그러자 둠 나이트가 움찔하며 나를 한 번 쳐다보곤, 안달톤 브뤼시엘을 따라 군단을 이동시켰다.

순식간에 주변이 썰렁해졌다.

라이라는 믿기지 않는다는 눈초리로 나를 바라봤다.

"그가…… 로드의 이름을 외웠군요."

"이상한 일인가?"

"안달톤 브뤼시엘이 이름을 외우는 경우는 두 가지뿐이에요. 반드시 죽여야 하는 원수, 그리고 '깊은 흥미'를 느낀 자."

라이라가 이어서 말했다.

"혹, 그와 싸우기라도 하셨는지요?"

"비슷한 걸 하긴 했지."

본의가 아니긴 했지만, 거신에게 내가 더 가까이 다가가는 것으로 승패가 갈렸다. 승자는 나였다.

내 대답을 들은 라이라의 표정이 급격히 어두워졌다.

"그는 영지를 노리는 멸제의 카르페디엠과는 비교도 안 되는 존재입니다. 사대왕의 비호를 받지 않고 거의 정상까지 오른 유일한 자이니까요. 사대왕들도 그를 무척 탐내고 있다고 하죠. 물론 저는 로드의 승리를 믿어 의심치 않습니다만…… 다시 보자는 말이 걸리는군요."

"네가 생각하는 그런 의미는 아닐 것이다."

설마 그 정도로 나를 원수 취급한다면 브뤼시엘의 이름이 울 것이다.

나는 대수롭지 않게 여기며 발을 옮겼다.

이미 한번 봐서인지 라이라 디아블로에게 어떠한 식으로 말을 해야 하는가에 대해서도 감을 잡았다.

"돌아가자. 해야 할 일이 많다."

영지에 돌아오고 가장 먼저 살핀 건 현실과의 연관성이었다.

그러니까…… 가령 내가 가진 포인트에 대해서 말이다.

[보유한 포인트는 '13,300' 입니다.]

['160,000' 포인트의 빚이 존재합니다.]

-라이라 디아블로 등을 담보로 한 160,000 포인트의 빚이 있습니다.

-빚의 변제까지 540일이 남았습니다.

-빚을 갚지 못할 경우 영역과 담보로 잡힌 모든 것이 '암흑상인'에 의해 경매로 넘어가게 됩니다.

-영지를 잃으면 데몬로드의 자격이 박탈됩니다.

순간 눈앞이 깜깜해졌다.

성의 중심에 존재하는 커다란 크리스탈에 손을 대자 위와 같은 글들이 떠오른 것이다.

'포인트가 연동된다……!'

하마터면 소리를 내지를 뻔했다. 작게 전율했다. 상상을 초월하는 일이었다.

13,300은 본래 내가 가졌던 포인트의 수치였다.

내가 가진 포인트가 그대로 연계되고 있었다.

그렇다면 반대의 경우도 가능할 것이다.

우리엘의 몸으로 번 포인트를 오한성이 되어 사용하는 일이!

'설마가 사람 잡는다더니.'

설마설마했는데 정말로 이것마저 연계가 될 줄이야!

포인트는 중요하다. 특수한 업적, 암흑상인 등을 통해 특별한 물건을 매입할 수도 있었다. 간혹 봉인된 장비가 포인트를 요구하는 경우도 있었다.

특히 내가 가진 지배자의 특성은 모든 걸 포인트로 좌지우지할 수 있는 힘이니 성장을 더욱 촉진할 수 있는 계기가 될 수도 있을 터였다.

5년 안에 알 아락사르를 정말로 따라잡을 수 있을지 모른다.

16만의 빚만 제외하면 이보다 더 완벽한 상황이란 있을 수 없었다.

"그간 다방면으로 영지를 유지하려고 노력했습니다. 하지만 최근 몇 년 사이 멸제의 카르페디엠이 시시각각 영토를 노려와서…… 몇 개의 용병단을 운용했습니다만 한계에 부딪혔습니다. 창기병들은 최후의 보루였으니까요."

내 내심과는 반대로 라이라의 안색은 어두웠다.

확실히 우리엘은 500기의 창기병을 이끌고 있었다. 용의 뼈로 만들어진 그놈들은 가공할 무력으로 인류를 유린했다.

최후의 보루. 그들을 잃지 않고자 라이라는 용병단 등을 운용하며 최근까지 멸제의 카르페디엠의 공격을 막아내고 있었다는 뜻이었다.

"용병을 구해야 할 정도로 사정이 안 좋았나?"

"사대왕의 원조를 받는 로드들은 따로 병력을 구할 필요가 없습니다. 그 외에 심연에서 이름을 날리던 로드들은 그들을 추앙하던 자들이 있었지요. 혹은 외부에서 미래의 영광을 위해 투신해 오기도 합니다. 처음에는 저희 영지에도 지원을 해 오는 자들이 있었습니다만…… 100년은 너무 길었는지……."

라이라가 말을 흐렸다.

과연. 이해했다.

나는 100년 만에 깨어났다. 그 오랜 시간 잠만 자고 있었으니 어느 누가 계속 기다릴 수 있겠는가.

진즉에 다 나가서 이 영역 자체가 텅텅 비었다는 말이다.

그래서 따로 용병단을 빌려와 대항할 수밖에 없었다는 건가. 그 대금을 충당하고자 성에 있던 어지간한 것들은 전부 팔고, 담보로 빚까지 진 모양이었다.

모두 나를 기다리며 행한 라이라의 발악이었다.

'양쪽 모두가 영향을 끼친다. 나 자신을 지킬 힘이 필요해.'

나는 턱을 쓸었다.

일단 나를 지킬 게 필요했다.

지구에서든, 이곳에서든.

막말로 내가 전이하고 있을 때 누군가의 습격으로 죽을 수도 있는 것 아니겠나.

그러니 나 자신을 지켜줄 힘이 필요했다.

힘을 기르면 다른 데몬로드를 견제할 수도 있을 것이다. 최대한 그들이 지구로 진출하는 시간을 늦춰서 성장할 시간을 버는 게 가장 이상적이었다.

'생각대로만 된다면 완벽하다.'

흠 없는 작전이었다.

나는 양쪽 방면에서 준비를 할 수 있었다. 심연에선 데몬 로드들을 흔들고, 지구에선 더욱 단단하고 날카롭게 칼을 갈아 놈들의 목을 취하는 게 가능하다는 의미다.

문제는…… 빚.

'보유한 13,300포인트를 제해도 15만가량의 빚이 남지.'

그 빚을 540일 안에 갚으란다.

하지만 고작 그 정도 포인트에 라이라 디아블로를 잃을 순 없었다. 그녀의 가치는 30만에 달한다. 계속해서 강해질 것이고, 적어도 이 몸을 보좌할 가장 믿음직한 존재임에는 분명했으므로.

'이 크리스탈엔 굉장히 많은 정보가 함축되어 있다.'

성의 중심에 존재하는 크리스탈은 영지의 전반적인 기능을 내가 조종할 수 있도록 만들어주는 도구였다.

나는 손을 대고 계속해서 그 기능을 파악해 나갔다.

[영지 관리]

[구조물 관리]

[암흑상점]

......

많다. 하지만 가장 중요한 건 이 세 가지였다.

영지 관리는 당장은 볼 게 없으니 넘어갔다. 구조물은 데
몬로드에게 이름을 준 신의 신전이나 특수한 구조물을 세우
는 것이었으니 당장은 볼 일이 없었다.

'암흑상점이라.'

어쩌면 저 안에 이 위기를 타파할 묘수가 담겨 있을지도
모른다.

나는 손가락을 암흑상점으로 옮겼다.

그러자 수많은 글자가 눈앞에 나열되기 시작했다.

[암흑상점에 오신 것을 환영합니다.]

[무기]

[방어구]

[스킬북]

[잡화]

......

모든 걸 눈으로 새겼다. 확실히 예사롭지 않은 물건이 많
았다. 하지만 데몬로드가 사용할 법한 종류의 강력한 장비는

없었다.

특이한 건 제작자가 모두 다르다는 점이었다.

암흑상인을 통해서 직접 등록을 할 수도 있는 모양이었다.

나는 잡화로 시선을 옮겼다.

그것들을 쭉 훑다가 특이한 것 두 개를 발견했다.

〈암흑문-10,000pt〉

-구매할 경우 지구의 특정 장소에 심연으로 통하는 문 하나를 생성합니다.

-차원의 균열이 8.3% 벌어진 상태입니다. 균열의 상태에 따라 넘어갈 수 있는 기준이 달라집니다.

-지금이라면 문 하나당 최대 다섯, 5Lv 이하의 것들이 문을 통해 넘어갈 수 있습니다.

암흑문!

설마 심연으로 통하는 문을 만들 수 있을 줄이야!

차원의 균열이란 것도 처음 보긴 하지만 내겐 새로운 충격이었다.

이 문을 통해서 우리엘 디아블로도 지구에 발을 들인 걸까?

'허. 데몬로드에게만 주어진 특권 같은 건가?'

작게 감탄했다.

인류에게 주어진 가능성과 데몬로드에게 주어진 가능성의
차이가 너무 컸다.

이러니 좌절할 수밖에.

하지만 이제는 내가 이러한 기능들을 활용하게 되었다.

과거와는 분명히 다르다.

이걸 잘 활용하면…… 지구에도, 나 자신에게도 커다란 파
장을 줄 수 있을지 모른다.

나는 또 다른 하나로 눈을 옮겼다.

〈공간의 보석(5Lv)-2,000pt〉

-더는 들고 다니지 마세요. 이제는 담고 다니세요! 이 보석은 사용
자에게 작은 아공간을 제공합니다.

-안에서 물도 흐르고, 꽃도 키울 수 있습니다.

-5Lv 이하의 것들만 들어갈 수 있습니다.

-내부에 들어 있는 걸 한눈에 볼 수 있도록 특수 제작되었습니다.(제
작자. 구르망디)

-재고 99개.

아공간이 들어 있는 보석.

아공간의 크기가 얼마나 넓을지는 모르겠지만 활용하기에
따라서 꽤 쓸모가 있을 법했다.

특히 내 '지배자'와 어우러지면 단점들을 보완할 수 있을 것 같았다.

예를 들어, 내가 지배한 놀들을 나는 따로 데리고 다닐 수 없었다. 하지만 이 보석을 사용하면 언제 어디서든 내가 원할 때 지배한 놀들을 소환할 수 있을 것이었다.

'탐나는군.'

작은 자유마저 속박해 버리는 것!

내가 원할 때 원하는 장소에서 소환이 가능하다면, 한층 더 강력한 무기를 갖게 되는 셈이다.

나는 보석 하나를 구매해 보자고 마음먹었다.

손가락을 옮기자 곧 또 다른 글귀가 떠올랐다.

['공간의 보석' 을 구매했습니다.]

[2,000포인트가 차감됩니다. 11,000포인트가 남았습니다.]

슈아아앙!

내 손바닥 위로 달걀만 한 물체 하나가 생성되었다.

세공이 잘 안 된 보석 같은 느낌.

정확히 말하자면, 둥근 원판 가운데에 액정 같은 게 붙어 있었다.

그리고 그 밑으로는 작은 버튼들이 달려 있었다.

왠지 익숙한 느낌이었다.

분명히 어디선가 많이 봤다.

특히 어렸을 때 많이 사용했던 것 같다.

액정 위로 웬 도트로 그려진 작은 집 하나가 그려져 있었다. 집의 내부는 텅텅 비어 있었다.

이건 마치…….

'다마고치?'

그렇다.

공간의 보석은 영락없는 다마고치였다.

혹시 몰라서 주변에 떨어진 돌멩이 하나를 아공간에 넣어보았다.

그러자 도트로 그려진 집 내부에 작은 돌멩이 하나가 추가되었다. 돌멩이 역시 도트처럼 표현이 되어 있었다.

'진짜 다마고치잖아.'

물론 안에 내용물은 텅텅 비어 있었지만.

무언가를 키울 수 있도록 만든 게 아니라, 말 그대로 안에 든 내용물을 쉽게 파악하고자 이런 식으로 만든 듯싶었다.

우연의 산물치곤 귀여운 편이었다.

하지만 다마고치처럼 생긴 덕분에 정신이 번쩍 들었다.

'이거 잘하면…….'

턱을 쓸었다.

동시에 내 머릿속으로 작은 사업 하나가 구상되기 시작했다.

나의 권능과 이 물건으로 말미암아 한 방 역전을 꾀할, 그런 수가 떠올랐기 때문이다.

게다가 지배자의 힘을 최대한 활용하려면 더욱 많은 포인트가 필요하다. 전쟁보단 상회로 가는 게 맞다.

'벌어들인 포인트도 서로 연계가 될 것이다. 이건 기회다.'

나는 다시금 작게 몸을 떨었다.

위기는 기회의 또 다른 말이라고 했다.

과연 그랬다.

당장은 오한성일 때의 나보다 우리엘 디아블로일 때의 내가 더욱 많은 포인트를 벌어들일 가능성이 압도적으로 높았으니!

입가에 작은 미소를 지어 보였다.

길을 정하고, 이름도 정했다.

'절대지배상회.'

포인트를 쓸어 담아 모든 걸 지배하여 내 아래에 두겠다는 포부!

자고로 어그로는 확실하게 끌어야 하는 법이었다.

우리엘 디아블로가 과거에는 결코 가지 않았던 그 길을, 나는 걸어보려 했다.

8장
너로 정했다

　나는 영지의 주변을 돌며 작은 괴물들을 잡아들였다.

　병력도 없고 관리도 거의 안 해서인지 성 주변을 벗어나자 어렵지 않게 온갖 괴물의 모습을 볼 수 있었다.

　와이번이나 아라크네와 같은 중, 하급의 괴물들은 내가 근처에 가는 것만으로도 필사적으로 줄행랑을 쳤다. 신선한 모습에 피식 웃고 말았다.

　'슬라임.'

　하지만 지능이 거의 없다시피 한 슬라임은 움직이지도 않았다.

　젤리처럼 흐느적거리는 이 녀석들은 작은 짐승이나 벌레 따위를 덮쳐서 잡아먹곤 했다.

심안을 열자 슬라임의 대략적인 정보가 떠올랐다.

이름: 슬라임(value-25)

종족: 슬라임

능력치:

　　힘 10 민첩 5 체력 9

　　지능 1 마력 5

　　잠재력(30/45)

능력치는 형편없었다. 잠재력도 마찬가지였다.

놀보다도 못한 취급을 받는 게 슬라임이었다.

나는 그중 10마리를 지배하고자 하였다.

[지배자 스킬이 발현되었습니다.]

-235pt가 소모되었습니다.

-슬라임 1~10을 지배하는 데 성공했습니다.

이후 나는 잡아들인 슬라임을 '공간의 보석'에 넣어보았다.

　그러자 10마리의 슬라임이 도트와 같은 형태로 그려지더
니 좁은 집 안을 빨빨대며 기어 다니기 시작했다.

　'여기서 끝나면 재미없지.'

내가 가진 '천지인'의 권능과 '지배자'의 권능. 두 힘이 합산되어 내가 지배한 대상은 '진화' 혹은 '진급'을 할 수 있었다.

나는 닥치는 대로 슬라임의 먹잇감을 찾아다녔다.

영지 근처의 가장 강한 괴물이라고 해봤자 5Lv 근처에 불과하다. 나는 겸사겸사 우리엘 디아블로의 힘을 확인해 볼 겸 몸을 풀기 시작했다.

'칠흑의 손길.'

족히 반경 500m는 되어 보일 땅이 까맣게 물들며 그 안에서 검은색 손들이 튀어나왔다. 그 숫자가 수천은 되어 보였는데, 손에 닿은 생명체는 모든 정기를 빨리고 말라서 죽게 된다.

[전투가 종료되었습니다.]

[격차가 극명합니다. 아무런 포인트도 얻지 못했습니다.]

이런 식이었다. 지금 이 몸으로 단순한 사냥을 하여서 소량의 포인트라도 얻으려거든 적어도 6Lv의 버그베어급은 사냥해야 할 것이었다.

'역시 이건 아니야.'

강력하기 짝이 없지만 수렵용은 아닌 듯싶었다.

하지만 과거 내가 봤던 위용만은 분명했다.

눈앞 수백 미터가 그저 죽음으로 물들었다. 마음만 먹으면 숲의 절반은 죽음으로 물들일 수 있을 것 같았다.

'결국, 직접 잡아야 된다는 거로군.'

모양새가 안 나긴 했지만 어쩔 수 없었다.

직접 숲을 돌며 오크나 하피, 트롤 등을 마구잡이로 잡아들였다.

내게 잡힌 놈들은 두려움에 벌벌 떨었다. 압도적인 힘의 차이, 격의 차이를 괴물들도 본능적으로 깨닫고 있는 것이다.

"움직이지 마라."

용언(9Lv)이 발동했다.

이 역시 디아블로에게 건네받은 권능인 듯싶었다.

말에 용의 힘을 실어서 들은 이로 하여금 꼼짝도 못 하게 하는 것이다.

그러자 괴물들이 무언가에 홀린 듯 정지해 버렸다.

나는 그렇게 꼼짝도 못 하는 괴물들을 슬라임의 먹이로 던져줬다.

슬라임이 느릿느릿하게 움직이며 괴물들을 삼키곤 소화시켰다. 그것을 하루 종일 반복하자 변화가 생겼다.

['슬라임1'이 '파이어 슬라임'으로 진화합니다.]

['파이어 슬라임'의 성장 한계치가 50 증가했습니다.]

['슬라임2' 가 '다크 슬라임' 으로 진화합니다.]

['다크 슬라임' 의 성장 한계치가 65 증가했습니다.]

슬라임들은 일정하게 진화하지 않았다.

먹이나 키우는 방식에 따라서 진화한 종류도 가지각색이었다.

약간의 운적인 요소, 혹은 지금껏 성장해 온 배경도 적용이 되는 것 같았다.

'대박이다.'

약한 괴물을 지배하여 키운다면, 굳이 높은 포인트를 들여서 용병이나 괴물을 영입할 이유가 전혀 없었다.

게다가…… 재미도 쏠쏠했다.

'계속해서 무한히 진화할 수 있는 건가?'

실험을 해보고 싶었다. 나는 장장 3일을 들여 집요하게 슬라임들에게 먹이를 던져줬다. 데몬로드가 쉬지 않고 움직이니 슬라임 10마리 정도는 순식간에 성장을 시킬 수 있었다.

['자이언트 슬라임' 이 '킹 슬라임' 으로 진화합니다.]

['킹 슬라임' 의 성장 한계치가 50 증가했습니다.]

[더 이상의 진급은 불가능합니다.]

10마리 중 9마리의 슬라임이 '킹'이나 '퀸'의 수식어를 달곤 진급 불가 판정이 내려졌다.

　모두 두세 번의 진급 끝에 그리된 것이다.

　고작해야 잠재력 250 수준. 5Lv에 딱 맞다.

　끝이 정해져 있다는 뜻일까?

　하지만 오로지 한 마리의 슬라임은 다른 모습을 보였다.

　['데스 슬라임' 이 '쉐도우 카임' 으로 진화했습니다.]

　['쉐도우 카임'의 성장 한계치가 100 증가했습니다.]

　나는 관심 어린 눈빛으로 그 광경을 지켜봤다.

　데스 슬라임의 전신에서 빛이 뿜어지며 곧 형상을 바꿨기 때문이다.

　검은색의 작은 날개를 가진 작은 토끼 형상의 괴물이었다.

　귀여운 생김새와는 달리 포악하고 나름 강한 괴물로 취급을 받는데, 일반적인 카임과는 색깔도, 모습도 조금씩 달랐다.

　본래는 전신이 주황색이고 날개도 없어야 정상이었다.

　설마 슬라임에서 카임이 될 줄이야.

이름: 쉐도우 카임(value-4,400)

종족: 비스트

능력치:

　　힘 40 민첩 50 체력 45

　　지능 30 마력 60

　　잠재력(225/300)

특이 사항: 특수한 힘에 의해 진화한 카임입니다. 날 수 있고 특수능력 '그림자'를 사용할 수 있습니다.

※ **그림자:** 어두운 곳에서 투명화가 된다.

뀨?

쉐도우 카임이 귀여운 목소리와 함께 나무 아래의 그림자를 받자 모습을 투명하게 만들었다.

나야 마력의 낌새로 알 수 있었지만, 정말 감쪽같았다.

'다른 카임에겐 없는 기술이다.'

동시에 놀랐다. 카임은 빠르고 양쪽 기다란 귀에 마력을 모아 입자포를 쏘아낼 수 있었다. 하지만 고질적으로 체력이 약하고 마력이 높은 편이 아니라 숙련자를 위협할 수준은 아니었다.

원래는 날개도 없어서 날지도 못한다.

그런데…… 쉐도우 카임은 체력과 마력이 훌륭한 편이었다. 날 수 있고 어두운 곳 한정으로 투명화까지 가능했다. 내가 생각해도 까다로운 조합이었다.

'믿기지 않는군.'

10마리 중 유일하게 한 마리만 아예 슬라임의 종을 탈피해 버렸다.

혹시 이런 가능성이 꽤 높은 건 아닐까?

30마리가량의 슬라임으로 더 실험을 해봤지만, 다른 종으로 진화를 하는 경우는 없었다.

'극히 낮은 확률로 특수한 존재가 되는 건가?'

나는 미소 지었다.

이런 실험을 지구에서 행하긴 힘들었을 것이다.

전이한 덕분에 한참 후에야 알았을 귀중한 정보를 빠르게 접할 수 있었다.

무엇보다…… 이건 먹힌다.

종의 진화라니.

오로지 나만이 가능한 일이었다.

다만 이 힘을 경계하거나 탐내는 자들이 있을 수도 있었다.

'나는 100년 만에 등장한 루키지. 막다른 골목일수록 강하게 나가야 한다.'

내가 얻은 힘이나 권능에 대하여 데몬로드들은 모르고 있었다.

멸제의 카르페디엠이 당장 공격을 하지 못하고 있는 것도 그러한 이유다.

그러니 여유를 부려주자.

너희들 따위는 아무것도 아니라는 듯 행동하여 도리어 저들의 발목을 잡는 것이다.

고개를 끄덕이며 성으로 발길을 옮겼다.

실험은 끝났다.

"구르망디 말입니까?"

라이라가 답했다.

나는 성으로 돌아온 직후 라이라에게 '공간의 보석'을 만든 제작자 구르망디의 이름을 언급했다. 하지만 그다지 반기는 표정은 아니었다.

"알고 있나?"

"괴짜 리치예요. 이상한 물건을 잘 만들기로 유명하죠. 평판도 좋지는 않아요."

"다른 데몬로드의 밑에 속해 있는 건 아닌 모양이군."

"예. 아무리 리치라고 하더라도 '반마족'이었던 자를 받아들일 데몬로드는 없지요. 게다가 괴짜이기도 하고요."

라이라는 괴짜임을 강조했다.

리치는 상위종의 괴물이다. 무척이나 희귀하며 흑마법에

능하다.

놈이 출현하면 어지간한 도시 하나가 날아가곤 했다. 초반에 제압하지 못하면 리치는 '재앙'과 같았다. 도시를 지나갈 때마다 리치의 군단은 더욱 커졌기 때문이다.

그래서 리치가 나타나면 전 세계가 총력을 기울였다.

그런데 반마족이라.

'순혈종이 아니라는 소리구나.'

귀족계급의 괴물. 그것이 마족이었다.

숫자가 적지만 하나같이 강력하며 대다수의 데몬로드가 마족으로 이루어져 있었다.

우리엘 디아블로. 당장 나 역시도 그러했으니.

하지만 순혈종이 아니면 취급하지 않는 듯했다.

물론 나에겐 상관없는 이야기다. 그들만의 사정 따위 알게 뭐란 말인가.

"그를 만나봐야겠다."

"……찾아보겠습니다."

나는 공간의 보석을 손에 쥐고 있었다.

하나당 2천 포인트. 여러 개를 구매하기에는 부담이 있었다.

하지만 직접 거래하거나 함께 동업을 한다면 이야기는 다르다. 훨씬 저렴한 가격으로 더욱 많은 양을 얻을 수 있을 것이다.

이어서 나는 라이라에게 한마디 더 덧붙였다.

"그리고 안달톤 브뤼시엘과 내가 각별한 사이라는 소문을 뿌려라."

"로드시여, 이유를 물어도 될까요?"

"그런 소문이 퍼지면 적어도 약소 데몬로드들이 나를 공격하긴 힘들어질 것이다. 못해도 고민은 하겠지."

"그 소문을 믿을 자가 있을지요?"

"암흑상회에서 나와 안달톤 브뤼시엘을 본 자들이 있다. 소문이 퍼지거든 그들이 살을 보태 진실처럼 보이게끔 만들어줄 터."

"아……."

라이라가 깨달았다는 듯 고개를 끄덕였다.

우리에게 필요한 건 시간이었다.

적어도 안달톤 브뤼시엘의 허상이 잠시의 시간 정도는 벌어줄 수 있으리라 믿었다.

일종의 정치다. 이제는 지긋지긋하지만 상황을 역전하려거든 별수가 없었다. 아니, 이길 수만 있다면 나는 무슨 수라도 사용할 것이었다.

라이라가 무겁게 입을 열었다.

"반드시 성공시켜야겠군요."

"모두 너의 손에 달려 있다."

"알겠습니다. 그런데……."

라이라가 내 뒤를 바라보곤 당황스럽다는 듯 말했다.

"뒤에 그것들은 무엇인지요? 혹시 요 며칠간 숲에 가신 게?"

"사업 아이템이다."

"예?"

각기 다른 종류의 슬라임이 꾸물꾸물하며 나를 따라오고 있었다.

뀨! 뀨!

그리고 쉐도우 카임은 총총대며 더욱 정신없이 내 머리 위를 날아다녔다.

내가 입을 닫자 라이라의 눈빛이 형용할 수 없는 미묘함으로 가득차기 시작했다.

구르망디는 누더기를 입고 나타났다.

뼈도 오랜 시간 제대로 안 닦은 듯 까맣고 누리끼리한 데다 냄새가 났다.

아무리 리치라지만 왜 다른 이들이 멀리하는지를 알 것 같았다.

그 외엔 금색의 외안경을 착용하고 있었는데, 심각한 빈티지 패션과는 괴리감이 있을 정도로 깨끗하게 닦여 있었다.

"저…… 를 보고자 하신다고 들었습니다만."

그 옆에 라이라가 험상궂은 표정으로 서 있었다. 구르망디가 라이라의 눈치를 보는 걸 보면 말로만 해서 끌고 온 건 아닌 듯싶었다.

그리고 나를 앞에 두자 굉장히 조심하는 태도가 느껴졌다.

'심안.'

궁금하기도 했다. 리치는 통상적으로 8Lv의 괴물이라고 알려졌기 때문이다.

곧이어 녀석의 상태창이 적나라하게 드러났다.

이름: 구르망디(value-94,000)

종족: 리치

칭호:

- 미치광이 과학자(7Lv, 지능+9)
- 정수 약탈자(6Lv, 지능+7)

능력치:

힘 75 민첩 75 체력 75

지능 98(82+16) 마력 85

잠재력(392+16/395)

스킬: 38개의 스킬이 존재합니다.

과연 리치다운 능력치 분포였다.

하지만 유독 눈에 띄는 건 지능이었다. 98이라니. 어지간한 마법은 저 뼈다귀에 기스 하나 내지 못할 것이다. 하물며 어지간한 스킬을 배워도 남들보다 수십, 수백 배는 빠르게 익힐 수 있었다. 그래서인지 스킬의 개수가 38개나 됐다.

'잡스럽기 그지없군.'

실험을 위해서인지 분해나 대장장이 기술, 심지어 재봉마저 익혔다. 그 스킬의 대부분이 그래도 6~7Lv 언저리는 되는 걸 보니 새삼스럽게 지능의 역할을 깨닫게 되었다. 물론 오래 살아온 덕도 있겠지만.

나는 초조해하는 구르망디를 향해 말했다.

"재주가 좋다고 들었다."

"별 볼 일 없는 재주일 뿐입니다. 아, 혹시 제 작품이 피해를 끼쳤습니까? 제 주 고객층은 괴짜 마족이나 마법사들밖에 없어서…… 설마 데몬로드께서 이용을 하실 줄은 몰랐습니다. 저저, 정말, 정말, 죄송합니다."

과도할 정도의 몸짓이었다.

100년 만에 깨어나서 이름도 거의 날리지 못했는데도 이런 반응인 걸 보면 데몬로드의 위상이란 게 그만큼 대단한 모양이었다.

"네 작품이 암흑상점에 꽤 많이 배치되어 있더군."

"그것이…… 암흑상회에 신청만 하면 그들은 어지간한 건 다 받아줍니다. 저…… 그리고 대부분의 데몬로드께선 상점을 이용하지 않고 이름 있는 자들과 직접 거래를 한다고 들었습니다만."

암흑상점은 데몬로드들을 위한 판매처라기보다 일종의 '오픈마켓' 형식인 듯싶었다.

그래서 내가 상점에서 자신의 물건을 산 게 꽤나 신기한 듯했다.

나는 대답 대신 품에서 공간의 보석을 꺼냈다.

"이것도 너의 작품이냐?"

"그, 그렇습니다. 아공간의 내부를 실시간으로 확인할 수 있다는 점에서 획기적인 상품이었습니다만, 왜인지 여태껏 하나밖에 안 나갔습니다. 며칠 전에 추가로 하나가 더 팔려서 의구심을 가졌었는데……."

왜 내 예술을 몰라주느냐는 투정처럼 들리기도 하였다.

하지만 생각해 보면 당연한 일이다.

좁은 아공간 하나를 얻자고 2,000pt나 사용할 머저리가 어디 있겠는가.

이윽고 구르망디가 슬쩍 나를 바라봤다.

맞다. 그 하나를 구입한 게 나였다.

'장사치 스타일은 아니야.'

장사치와는 거리가 멀었다.

잘하면 생각보다 일이 더 잘 풀릴 수도 있을 것 같았다.

"나와 동업을 해볼 생각은 없느냐?"

"동업이라면, 같이 일을 해보자는 것입니까?"

"그렇다. 나는 네가 가진 '공간의 보석'으로 일을 하나 벌여볼 생각이다."

구르망디가 묘한 눈빛으로 나를 바라봤다.

실제로 눈이 없으니 눈빛도 없겠지만 분위기가 그렇다는 소리다.

짝!

내가 한 차례 손뼉을 치자, 내 뒤에 위치한 문이 열리며 100여 마리의 슬라임이 모습을 드러냈다.

슬라임들은 대부분이 각기 다른 특색을 가지고 있었다.

심지어 심연에 존재하지 않는 종류의 슬라임마저 있었다.

"허, 대단합니다. 슬라임 돌연변이가 상당히 많군요. 개체 값도 굉장히 훌륭합니다. 저도 돌연변이 연구를 하고 있지만 이 정도의 이상 변이는 본 적이 없습니다."

돌연변이라. 구르망디는 가지각색의 슬라임들을 그렇게 보는 것 같았다.

겁을 먹은 상황에서도 하나도 빠짐없이 살핀 걸 보면 영락없는 과학자였다.

개체값이 뭔지는 모르겠지만, 나는 고개를 저었다.

"이 슬라임들은 한계점에 다다랐을 때 진화한다."

"예? 그게 무슨……."

나는 성장치가 임계점에 다다른 슬라임 하나를 골랐다.

보여주기 위해 일부러 남겨둔 것이다.

용암거미 하나를 산채로 먹이자 곧이어 슬라임이 변화하기 시작했다.

['슬라임'이 '마그마 슬라임'으로 진급했습니다.]

[성장 한계치가 '50' 증가합니다.]

"이게 대체 무슨……!"

구르망디가 기겁했다.

그럴 만도 했다.

슬라임은 보통 주변 환경에 따라 모습을 달리하며 적응하고 진화해 왔다. 아주 오랜 시간이 들어가는 일이다.

마그마 슬라임은 화산 근처에 사는 희귀종이다.

당연히 평범한 슬라임이 화산으로 간다고 마그마 슬라임이 되진 않는다. 그게 상식이고 정상인데 지금 눈앞에서 일어난 일은 구르망디가 보기에 '기적'과 다를 바 없을 터였다.

"오로지 나만이 가능한 일이다. 또한 나는 이 슬라임들을

'공간의 보석'에 넣어서 판매할 생각이다."

"힘들 겁니다. 공간의 보석은 지난 30년 동안 하나밖에 안 팔렸던 제품이고, 사실 저도 까맣게 잊고 있었던 물건이라…… 하지만."

구르망디가 다시금 진화한 슬라임을 바라봤다.

그러고는 뼈마디를 잘게 떨어대며 말했다.

"제 친구들에게 팔면 좋아하겠군요. 진화하는 슬라임이라니! 혹시 무슨 마법이나 연금술을 사용한 건지 알려주실 수 있으십니까?"

나는 말을 아꼈다. 두 가지 권능이 합쳐진 우연의 산물이라 말할 수는 없는 노릇이었다.

내 침묵을 구르망디는 마음대로 해석했다.

"죄, 죄송합니다. 그런 핵심 기술을 알려달라는 것 자체가 무례한 일이지요. 제가 잠시 흥분했었나 봅니다. 돌에서 금을 만들 수 있는 연금술은 있지만, 종의 색깔을 바꿔 버리는 건 키메라를 제외하곤 불가능한지라……."

눈앞에서 봤다. 서로 다른 종을 섞어버린 키메라와는 본질적으로 달랐다. 구르망디가 흥분할 수밖에 없는 이유였다.

뀨!

그때였다. 이제 막 일어난 듯 눈을 비비며 쉐도우 카임이 천천히 날아왔다.

자연스럽게 구르망디의 시선이 쉐도우 카임에게 닿았고, 동시에 그는 기겁하며 입을 크게 벌렸다.

"카임! 저건 카임이 아닙니까?"

"그렇다고 하더군."

"하지만 카임은 날개가 없는데…… 게다가 개체값이 카임 치곤 말도 안 되는…….."

"개체값이란 게 무슨 소리지?"

아까부터 '개체값'을 운운하는데 의구심이 생겼다.

그러자 구르망디가 천천히 자신이 쓴 외안경을 벗었다.

"모든 종에는 한계가 있고, 그 종도 개체마다 성장할 수 있는 가능성이 다릅니다. 제가 만든 이 안경은 각 개체의 성장 가능성을 보여줍니다. 모든 골격, 외피, 근육의 모양이나 내부의 기관, 마력의 질 따위를 투시하고 종합해서 결과를 만드는 거지요. 300년간 모든 종류의 괴물을 연구했고 대부분의 개체마다 수백, 수천 개의 표본으로 대조해서 오차를 최대한 줄였습니다."

장황한 말을 쏟아냈다.

자랑 아닌 자랑이었다.

300년간 노력한 결실이라니, 확실히 평범한 물건은 아닌 것 같았다.

"로드시여. 말은 그럴싸하지만 정말 쓸모없는 물건입니

다. 현혹되지 마시길."

라이라가 나섰다.

그녀는 구르망디가 마음에 들지 않는다는 표정을 숨기지
않았다.

구르망디가 겁에 질려 위축되자 라이라가 이어서 말했다.

"고블린이 약하고 용은 강하다는 걸 모르는 자는 없습니
다. 그걸 세분화시켜 가며 나눈다는 건 시간 낭비에 불과합
니다."

틀린 말은 아니었다.

각 종족의 한계는 분명히 있었고, 개체가 아무리 강해져
봐야 고블린이 용을 이길 순 없다. 불변의 진리였다.

하지만 궁금했다.

"써보고 싶군."

"그, 그러십니까?"

구르망디조차도 놀랐다.

반응을 보아하니 그다지 평가가 좋지는 않았던 모양.

이윽고 구르망디가 뼈마디를 마구 떨어대며 외안경을 조
심스럽게 넘겼다.

그것을 착용하고 쉐도우 카임을 바라보자 변화가 생겼다.

['성장 투시 안경'을 착용했습니다.]

['심안(9Lv)'이 '성장 투시 안경'의 기능을 흡수했습니다.]

이름: 쉐도우 카임(value-4,470)
능력치:

　　힘 40b 민첩 50b 체력 45b

　　지능 30b 마력 60a

　　잠재력(225/270)

뭐지?

'기능 흡수?'

처음 보는 현상이었다.

게다가 심안으로 본 결과가 달라졌다.

능력치의 숫자 뒤에 알파벳이 달려 있었다.

더 자세히 바라보자 그와 관련된 설명이 떠올랐다.

※ 각 개체의 성장치를 세분화시킨 기능입니다. f, d, c, b, a, s로 등급이 나뉘며 s에 다가갈수록 높은 성장 가능성을 보입니다.

　-f는 최대 30까지의 성장 가능성을, -d는 최대 50까지의 성장 가능성을, -c는 최대 70까지의 성장 가능성을, -b는 최대 80까지의 성장 가능성을, -a는 최대 90까지의 성장 가능성을, -s는 최대 100까지의 성장 가능성을 나타냅니다.

-절대적인 수치는 아니므로 참고만 할 것. 성장 가능성이 높은 능력치는 빠르게 올라갑니다. 그러나 잠재력의 한계에 막히면 성장 가능성이 높아도 더 이상 성장이 불가합니다.

말하자면 천부적인 재능을 수치로 표현한 것이었다.

신체적 능력에 특화된 사람은 힘이나 체력이 잘 오르고, 마법에 재능을 지닌 사람은 지능이나 마력이 잘 오른다. 하지만 오랜 시간 확인하고 겪기 전까진 모르는 경우가 대부분이다.

'이런 것까지 볼 수 있다니.'

나는 순수하게 놀라고 있었다.

심안의 기능만으로도 대단한데, 각 능력치의 성장 가능성마저 엿볼 수 있게 될 줄이야!

나는 천천히 외안경을 벗었다.

그럼에도 기능은 유지가 되고 있었다.

'이것도 천지인의 힘이다.'

스킬의 업데이트.

안경 하나 썼다고 스킬의 보완이 이루어지는 경우는 들어본 적도 없다.

"어, 어떠십니까?"

"훌륭하다."

"그, 그렇습니까?"

칭찬이 어색한 듯싶었다.

나는 가만히 구르망디를 바라봤다.

분명히 훌륭한데, 약간씩 핀트가 어긋나서 유행을 못 타는 것 같았다.

"구르망디여, 솔직히 말하마. 나는 네 능력이 탐난다."

사실대로 말했다.

칭찬은 고래도 춤추게 한다고 했다.

나는 누군가를 인정하는 데 인색하지 않았다.

[지배자의 권능이 발현되었습니다. 구르망디의 상태가 '경계'에서 '감격'으로 바뀌었습니다. 지금이라면 25% 할인된 '70,500' 포인트에 그를 지배할 수 있습니다.]

고작 한마디.

구르망디가 인정에 굶주려 있었다는 방증이었다.

그럴 여유는 없지만, 어쨌거나 경계가 풀렸다는 건 다행스러운 일.

구르망디는 감동한 태도를 지우지 않으며 말했다.

"저도…… 동업 제안이 무척이나 탐이 납니다. 하지만 괜찮겠습니까? 소문이 퍼지면 위험한 일이 발생할 수도 있습니다."

아예 내 밑으로 들어오는 걸 기대했는데 동업으로 선을 그었다.

안타깝지만 첫술에 배부를 수는 없는 것이었다.

"지금은 오로지 슬라임만 판매할 생각이다. 그리고……
감히 누가 나를 위협하지?"

"죄, 죄송합니다."

강하게 나갔다.

어차피 슬라임만 있다면 소문이 날 것도 없었다.

간혹 다른 종으로 진화할 경우에도 방법이 있었다.

'진화는 내 지배의 힘이 작용할 때만 가능하지.'

몇 번이나 실험을 해봤다.

예컨대 용언과 지배의 힘으로 '진화를 하면 전신을 터뜨려라'라고 명령했더니, 슬라임 하나가 진화의 순간 폭사해 버렸다.

마찬가지로 판매할 물건엔 '슬라임 외의 종으로 진화를 하게 되면 폭사하라'라고 각인을 새겨놓으면 그만이었다.

물론 반대로 '~종으로 진화하라'는 명령은 먹히지 않았다.
도리어 그 종으로 진화를 못 하자 슬라임이 녹아내리며 자살했다. 슬라임이 자살하는 광경을 그때 처음 보았다.

"그렇다면 자세한 이야기를 나눌 수 있을지요?"

"상회명은 절대지배. 수익은 7:3로 나눈다. 이는 '공간의 보석'을 독점 형식으로, 투자 형식으로 건넸을 때의 조건이다. 아니면 다른 분배 방식을 원하나?"

"어차피 썩고 있는 재고였으니 3이나 주시는 점에선 불만이 없습니다만, 다른 계획은 세워두셨는지요?"

"유행은 선도하는 것이다."

"유행, 이요?"

이곳에선 유행의 개념이 희박한 건가?

구르망디도 라이라도 이해를 하지 못했다.

'내가 유행을 만든다.'

상관은 없었다.

유행은 따라가는 게 아니었다.

온갖 더러운 수를 써서라도 선도하는 것이었다.

가장 먼저 첫발을 내디딘 자는 오랜 시간 기억에 남는 법이었으니!

나는 먼저 이름 있는 흑마법사들과 리치들에게 '연구용' 목적으로 슬라임을 담은 '다마고치'를 넘겼다.

재고 중 53개를 사용해 30개는 연구용으로, 10개는 심연의 도시를 주름잡는 존재들의 '아이들'에게 설명서와 함께 보냈다.

역사를 살펴봐도 유행을 주도하는 건 언제나 그렇듯 '급' 있는 자들이었다.

'심연에도 도시가 있을 줄은 몰랐군.'

그렇다. 놀랍지만 심연에도 도시가 있었다. 괴물들이 모여 사는 꽤 살벌한 곳이.

대부분이 사대왕과 연관이 있거나 데몬로드들이 지배하는 장소였지만, 그러지 않은 곳만을 골라서 선별해 보낸 것이다.

절대지배상회. 일단은 내 이름 대신 '라이라'와 '구르망디'를 전면에 내세웠다.

적당히 무르익었을 때 내가 나서도 늦을 건 없었다고 판단했기 때문이다.

다행히 구르망디의 인맥이 나쁜 편은 아니었다.

소문은 별로지만 썩어도 리치였다. 거기다가 공짜로 준다는 것을 마다할 자는 없었다.

남은 13개는 암흑상회에 넘겼다.

상점에 등록되고 '다마고치'라는 이름으로 올라간 걸 확인한 뒤 미소를 지었다.

'가격은 800포인트.'

들어보니 '공간의 보석'을 만드는 데 들어가는 원재료값이 200pt 정도라고 하였다.

그걸 2,000pt에 팔아먹었으니 폭리도 이런 폭리가 없다. 안 팔린 이유를 알겠다.

너무 비싸선 안 된다.

내가 노리는 건 박리다매였다.

슬라임은 많았고, 키우기도 쉬웠다.

그리고 13개의 애매한 숫자는 의도한 것이다.

재고가 얼마 없어 보이게끔.

'반응이 언제 올지 모르겠군.'

문제는 시간이었다.

전이의 시간이 만료되기까지 앞으로 5일 정도밖에 남지 않았던 것이다.

이후에는 모든 일을 구르망디와 라이라가 해야 한다.

이틀이 더 지나자 헐레벌떡 라이라가 뛰어왔다.

"로드시여. 다마고치가…… 완판되었다고 합니다."

감정이 벅찬 눈빛이었다. 뭔가 울먹이는 느낌도 섞여 있었다.

이해했다. 여태껏 빚에만 허덕이다가 드디어 빛을 본 것이다.

다 큰 여자가 다마고치 다 팔렸다고 감동 먹은 모습을 보니 느낌이 묘하긴 했지만, 어쨌든 내 예상보다 훨씬 빠른 결과였다.

13개의 완판 결과 10,400pt를 얻었다. 이중 암흑상점을 이용하며 생긴 이율 10%를 제하고 구르망디에게 건넬 30%를 떼면 내 수중에 들어온 포인트는 6,552. 대략 63% 정도가 나에게 주어지는 몫이었다.

내가 하는 일이라곤 슬라임을 지배한 후 한 차례 진화시켜서 공간의 보석 안에 넣어놓는 것밖엔 없었다.

하루에 대략 30마리까지 가능했고, 지난 며칠간 노력한 결과 남은 슬라임은 250개체 정도 되었다.

250개체를 전부 팔면 12.5만 포인트가량을 벌어들일 수 있을 것이다.

16만의 빚도 순식간에 청산할 수 있을지 모른다.

하지만 내가 항상 심연에 있을 순 없었다. 전이가 끝나면 다시 돌아오는 데 또 시간이 걸린다.

하여, 나는 나머지 일을 라이라에게 맡기고자 하였다. 어쨌든 내 '지배자'의 권능으로 지배된 슬라임이면 성장 한계치에 도달했을 때 진화가 가능했다.

성장시키는 일을 굳이 내가 할 필요는 없었으니.

"이 속도면 빚을 청산하고 전쟁 자금도 마련할 수 있을 거예요!"

라이라는 흥분하고 있었다.

단기적으로 보면 라이라의 말이 맞다.

하지만 한꺼번에 많이 풀면 '희소성'을 잃는다.

떡밥을 뿌렸으니 우리는 물고기가 안달 나게 할 필요가 있었다.

"궤도에 오를 때까지 하루에 10개씩만 풀어라."

"로드시여, 암흑상인들에게 문의가 많이 들어오고 있다고 합니다. 백 개, 이백 개쯤은 순식간에 팔릴 텐데요."

"길게 봐야 한다. 또한, 너무 많은 물량을 한꺼번에 풀면 당장은 좋을지 모르겠으나 우리를 적대하는 자가 눈치를 채게 될 것이다."

"아……."

라이라가 천천히 고개를 끄덕였다.

멸제의 카르페디엠.

놈에 대해서도 요 며칠간 조사해 보았다.

데몬로드 중 하나이며, 사대왕 중 하나인 사자왕의 아래에서 작은 비호를 받는 자.

'데몬로드의 세력 구도도 대충 이해했다.'

사대왕은 전쟁 중이었다.

자신이 비호하는 데몬로드를 최후의 하나로 만들고자.

그리하여 위대한 별, '거신의 혼'을 취한 데몬로드를 휘하에 두어 진정한 신이 되려고 말이다.

아마도…… 우리엘 디아블로는 그 전쟁 속에 휘말렸다가 패배하고, 마지막 방편으로 지구로 발을 들이게 된 게 맞는 것 같았다.

하지만 그런 녀석 하나를 죽이고자 수백만의 인류가 몰살 당했으며 499명의 영웅이 죽었다.

다시는…… 다시는 그런 일이 없도록 만들어야 한다.

아무리 민식이가 영웅이 되려고 발악해도, 나는 확신했다.

'데몬로드 모두를 상대할 순 없어.'

알면 알수록 심연은 끔찍한 곳이었다. 지구는 그야말로 발판에 불과했다.

씨발, 소리가 절로 나올 만큼.

그러니 내가 해야 한다. 우리엘 디아블로의 몸으로 다른 데몬로드를 견제하거나 죽이며 세력의 태풍 속에 직접 들어가야 했다.

절대지배상회는 그 시작이었다.

우선…… 포인트를 벌어서 밑바탕을 마련하고 멸제의 카르페디엠을 죽여 이름값을 드높이자는 계획까진 세웠다.

동시에 지구의 '나'를 강화시킬 방법을 찾아야 했다.

그래. 나는 심연에서도, 지구에서도 쉬어선 안 된다.

그리고 그 방법 역시 구상한 게 있었다.

'암흑문을 통해 5Lv 이하의 장비나 지배한 마수를 보낼 수 있지.'

과연 우리엘 디아블로의 몸으로 '지배'를 행한 게 진짜 '나'에게도 적용이 될지 확실하지는 않지만, '천지인'의 권능이 작동을 하는 걸 보면 아주 높은 확률로 나는 지배한 대상마저 공유할 가능성이 있었다.

그렇다면…… 암흑문을 이용해 나를 돕고 내 성장을 빠르게 해줄, 혹은 그 외에 필요한 것들을 보낼 수 있지 않을까?

'레벨 5의 기준도 모호하다.'

나는 내 머리 위를 쫑쫑대며 날아다니는 쉐도우 카임을 바라봤다.

현재 쉐도우 카임의 능력치는 5Lv의 수준이었다. 하지만 잠재력은 최대 6Lv까지 성장할 수 있음을 보여줬다.

평범하게 생각하면 당장 보이는 능력치로 레벨을 정하는 게 맞다.

하여 성장 가능성이 무궁무진한, 하지만 당장은 약한 마수를 암흑문을 통해 보내는 게 가능하다면?

그에 대해서도 이미 나는 실험에 옮기는 중이었다.

'……용족의 알.'

아예 알의 상태에서 보내는 것이다.

모든 용은 강력하다. 이는 불변의 진리였다.

내가 기억하기로 용은 대부분 '보라색 문'에서 나타났다. 한 마리가 나타나면 국가 하나가 무너진다는 말이 나돌 정도로 강력하기 짝이 없는 괴물이었다.

리치의 경우엔 초반에 제압하면 되는데, 용은 답이 없다. 특히 성체, 그것도 나이를 많이 먹은 용은 지혜롭기까지 해서 스스로 지칠 때까지 도시가 파괴되는 걸 넋 놓고 구경할 수밖에 없었다.

그리고 어제, 용의 알 10여 개가 암흑상회에 들어왔다는 공문이 내려왔다. 암흑상점의 가장 윗부분에 글자로 적혀 있었다.

그것 중 하나를 보낼 수만 있다면!

상상만으로도 가슴이 벅차올랐다.

와이번 라이더 따위는 눈에 차지도 않는다.

드래곤 라이더. 용을 다루는 기사는 상상 속에서만 전해지던 이야기다.

그 상상을 현실화시킬 수 있었다.

하지만 알의 판매는 오늘부터 시작이었다.

'문제는 가격인데.'

용만큼은 아니지만, 용의 알 역시도 매우 비쌀 터였다.

하지만 당장 내 수중에 있는 건 2만 포인트가 살짝 안 됐다.

다마고치의 수량을 풀어도 파는 데 시간이 걸린다.

하나 용의 알은 언제 팔려 나갈지 알 수 없다.

용은 가장 강력한 괴수 중 하나다. 영지의, 데몬로드의 영향력을 키우는 데 용만 한 괴수는 또 없을 것이므로!

데몬로드 중에서도 탐을 내는 이가 있을 것이지만, 운이 좋으면 그중 하나쯤은 건질 수 있을지도 모른다.

하나만 건져도 대성공이다. 못해도 본전이었다.

"암흑상회로 가겠다. 준비를 하도록."

"알겠습니다, 로드시여."

나는 즉시 발을 움직였다.

암흑상회의 중심가는 꽤 시끌벅적했다.

여전히 하늘까지 맞닿은 건물이 즐비했지만, 용의 알을 구하고자, 혹은 구경이라도 하고자 모여든 인파가 상당했던 것이다.

족히 천은 모인 것 같았다.

뱀파이어, 데스나이트, 나가 퀸, 심지어 타이탄까지 보였다. 등장만 해도 주변 전역을 공포로 물들일 괴물들이 한자리에 모여 있었다.

그중에는 몇몇 데몬로드도 보였다.

그리고 데몬로드의 곁으로는 그들의 충성스러운 부하들 외엔 아무도 접근하지 않았다.

"우리엘 디아블로? 우리엘 디아블로 아니야?"

"가시의 여왕이 수행하는 존재라면 그가 맞겠군."

"소문은 들었지만 정말 깨어났던 건가! 그런데…… 무슨 배짱으로 여길 온 거지?"

"멸제의 카르페디엠이 여기에 있을 줄은 몰랐겠지."

"가지. 괜히 있다가 휘말리면 우리만 손해다."

나를 본 온갖 종류의 괴물이 웅성거렸다.

놈들에게도 꽤 높은 지성이 있다는 뜻이었다. 침략을 행할 땐 미처 못 본 모습들에 신선함마저 느꼈지만, 나는 눈앞에 다가온 자를 무시할 수가 없었다.

거대한 풍채. 고도비만이 의심될 정도로 풍만한 주제에 꽉 끼는 정장을 입고 있었다. 그 극도의 어색함에 난센스 문제를 접했을 때의 기분도 들었으나, 이자가 바로 '멸제의 카르페디엠'이었다.

'심안.'

[상대방이 '심안(9Lv)'의 레벨보다 높은 '격'을 소유하고 있습니다.]
[제한적인 정보만 출력됩니다.]

이름: 카르페디엠

직업: 데몬로드

칭호:

- 멸제(10Lv, ???)
- 욕망의 화신(9Lv, ???)

능력치: ???

　잠재력(500+60/500)

특이 사항: 없음

스킬: 말살의 포효, 욕망 분출, 침몰하는 동굴, 박쥐 떼.

　제한적이긴 했지만 그래도 능력치의 총합 자체는 비슷하다는 걸 알았다. 스킬도 뭐가 있는지 정도는 알 수 있었다.

　그 주변으로 7명의 수행원이 함께하고 있었다. 듀라한, 용아병 따위로 구성된 강력한 괴물들이었다.

　카르페디엠은 내게 다가와 크게 웃었다.

　"우리엘 디아블로! 역시나 깨어났구나. 흐흐흐!"

　"친한 사이도 아니니 꺼져줬으면 좋겠군."

　문전박대가 따로 없었다.

　카르페디엠이 살짝 인상을 굳혔다.

　"고개를 조아려 자비를 구한다면 그 자비라는 걸 베풀어줄 의향도 있었다만…… 쯧쯧, 아니면 깨어난 지 얼마 안 돼 현실을 깨닫지 못한 건가? 안 그러냐, 라이라?"

"그 역겨운 입으로 내 이름을 담지 마라. 내 이름을 온전히 입에 담아도 되는 분은 오직 한 분뿐이시니."

카르페디엠이 슬쩍 고개를 돌려 내 옆에 선 라이라를 바라봤다.

라이라는 벌레를 바라보듯 경멸 가득한 눈초리를 짓고는 내 옆에 더욱 바짝 붙어 섰다.

"까칠한 모습도 아름답구나. 하지만 나는 관대하다. 내 제안은 여전히 유효하다. 나의 반쪽이 된다면 그 작은 영지와 내 눈앞의 현실을 깨닫지 못한 멍청이 정도는 구해줄 수 있노라."

라이라는 이를 갈며 대꾸조차 하지 않았다.

여태껏 영지가 지켜진 건 라이라가 전쟁을 잘해서이기도 했지만, 바로 저 카르페디엠의 노림수 때문이었다.

영지보다 라이라 디아블로를 자신의 반려로 맞이하려고 일부러 혹독하게 밀어붙이기만 하고 있었던 것이다.

조사한 결과는 그랬다.

하지만 영지 상태는 한계였고, 내가 조금만 늦게 깨어났어도 결과는 판이하게 달라졌을 것이다.

나는 라이라의 머리 위로 손을 올렸다.

그러고는 카르페디엠을 노려봤다.

"꺼지라는 소리를 못 들었나 보군."

"혹, 안달톤 브뤼시엘의 위광을 믿는 거냐?"

역시 소문이 제대로 퍼진 모양이었다.

나는 카르페디엠을 무시하며 중심으로 걸어나갔다.

우리는 어차피 적이다. 놈을 앞에서 살핀 결과 더욱 확신할 수 있었다.

물과 기름이었다. 내가 죽거나 놈이 죽거나, 그 외엔 없다. 카르페디엠의 눈에서 지독한 욕망을 읽을 수 있었다.

"크흐흐! 라이라 디아블로! 마음이 바뀌면 언제든지 내게 오너라. 너의 자리는 언제든지 비워두마."

카르페디엠은 저열하게 웃으며 나와 반대편으로 향했다.

어차피 시간문제라는 듯이.

하지만 과연 놈의 생각대로 일이 돌아갈까?

나는 시선을 옮겼다.

중심부에서 분주하게 암흑상인들이 움직이고 있었다.

그리고 모두가 볼 수 있도록 아름다운 꽃 세공품 위에 아홉 개의 알이 놓여 있었다.

용의 알이었다.

'허.'

그것들을 살핀 내 동공이 자연스럽게 흔들리기 시작했다.

종류별로 아름답게 수놓아진 용의 알들은 보는 것만으로

도 정신을 빼앗기기에 충분했다.

용은 10년에 한 번, 단 하나의 알을 낳는다고 한다. 간혹 두 개의 알을 낳을 때면 먼저 부화한 녀석이 부화하지 못한 알을 먹어치우고 더욱 강해진다는 이야기도 있었다.

그렇기에 희귀하고, 그렇기에 아름답다.

'때깔부터 다르군.'

알들의 색깔은 알록달록했다.

조심스럽게 품어진 듯 모난 곳이 하나도 없었다.

와이번이나 천둥새의 알은 본 적이 있지만, 나조차도 안 부서진 용의 알을 보는 건 처음이었다.

내가 접한 건 모두 부화하고 남은 껍질에 불과했다. 그 껍질도 무척이나 귀해서 초고가의 장비를 만드는 데 사용했는데, 마력의 흡수를 도와주는 기능 덕분에 어지간한 영웅들도 구경하기 힘들 정도였다.

한데…… 그런 게 9개.

눈이 휘둥그레질 수밖에 없는 이유였고, 자연스럽게 궁금증이 생겼다.

마법의 종주라는 용들도 잠재력 같은 게 차이가 날까?

['심안(9Lv)'이 발동되었습니다.]

이름: 없음(value-38,000)

종족: 수룡(水龍)

능력치:

　　힘 1b 민첩 1a 체력 1b

　　지능 1s 마력 1a

　　잠재력(5/429)

이름: 없음(value-65,000)

종족: 뇌룡(雷龍)

능력치:

　　힘 1a 민첩 1b 체력 1a

　　지능 1a 마력 1s

　　잠재력(5/458)

이름: 없음(value-110,000)

종족: 암흑룡(暗黑龍)

능력치:

　　힘 1s 민첩 1a 체력 1a

　　지능 1a 마력 1s

　　잠재력(5/481)

과연 최강의 마수라는 용다웠다.

평균 잠재력이 450 정도에 달했으며, 가장 낮은 것도 429 였다.

마지막의 암흑룡을 봤을 땐 한동안 시선을 떼지 못했다.

알 상태에서조차 11만에 달하는 가치. 용이라는 종족값과, 주어진 개체값도 놀랍기 그지없었다. 그저 잠재력만 높다고 다가 아니다.

전승에 따르면 용들은 성장만 해도 자신의 종족이 지닌 고유의 마법과 같은 것들을 익힌다고 한다. 마치 본능처럼 깨닫는 것이다. 이후 성장하거든 자연스럽게 둥지를 짓고, '왕'의 노릇조차 행할 수 있다고.

's가 두 개.'

게다가 성장 가능성도 놀라웠다.

적어도 슬라임에게선 볼 수 없었던 등급이 떡하니 적혀 있었다.

대부분의 용이 '마력' 부분에 있어선 s의 가능성을 지녔다.

s는 해당 능력치가 최대 100까지 성장 가능하다는 뜻.

90과 100의 능력치는 그야말로 '넘을 수 없는 벽'과 같았다.

능력치는 높이 올라갈수록 1의 차이가 조금씩 극명해지기 때문이다.

암흑룡은 s를 두 개나 지니고 있었다.

힘과 마력, 육체적 능력과 마법적 능력을 고루 갖출 수 있다는 것이다.

'탐나는군.'

가지고 싶다. 하지만 암흑상인들이나 이 주변에 모인 다른 이들도 바보는 아니다. 풍기는 마력의 향만 맡아도 암흑룡의 알은 다른 알들에 비해 격이 달랐다.

한마디로 진했다. 코끝을 간질일 정도로.

노리는 이가 많을 것이다.

11만이라 책정됐지만 그 이상으로 팔릴 가능성도 있었다.

어쨌든 경매 형식으로 진행되는 듯싶으니 말이다.

그나마 내가 노릴 수 있는 건 수룡의 알.

경매의 방식을 잘만 이용하면 내가 보유한 포인트로도 구매할 수 있을 터.

다른 알들에 비해 부족해도 나쁘지 않다.

썩어도 준치라고 했다. 용(龍)이 둥지를 튼 곳은 그곳이 어디든 성이 되고, 작은 나라가 된다. 게다가 수룡은 바다에선 당할 자가 없었다.

'지구의 76%가 바다다.'

'문'은 지상에서만 생기는 게 아니다. 바다에서도, 천공에서도 생겨났다.

특히 바다가 끊기면 가장 큰 운송 수단이 사라진다. 자급

자족이 불가능한 나라는 순식간에 파국으로 치닫게 된다. 그런 나라가 대다수였다.

한국이 그랬다. 알레테이아도 그래서 만들어졌다. 수많은 이종교와 폭력 집단이 탄생하게 된 배경에는 바다로의 진출이 어려워진 게 한몫하고 있었다.

해방 없는 영원한 고통의 굴레.

수룡이 있다면…… 적어도 그러한 사태를 늦출 순 있으리라.

애매한 용보단 수룡이 나을 수도 있었다.

"용의 알은 1년에 많아야 두 개 정도 나오는데 특이한 일이군요."

알들을 모두 살핀 라이라가 고개를 갸웃했다.

이만한 숫자의 알이 모여 있는 건 거의 못 본 모습이었다.

그러나 이내 눈빛을 달리했다. 용을 갖고 싶다는 욕구가 강하게 느껴졌다. 좋아하는 장난감을 발견했을 때의 아이와 같았다.

"로드시여, 혹시 눈여겨보신 게 있으십니까?"

라이라가 물었다.

눈빛과는 달리 살짝 주저하는 기색이 묻어 있었다.

용의 알을 살 수만 있다면 사는 게 맞긴 하지만 상황이 여의치 않음을 라이라도 아는 탓이다.

하지만 나는 개의치 않았다.

고개를 끄덕였다.

'밑져야 본전. 부족하다면…… 나 자신을 담보로 잡는다.'

암흑상회는 모든 걸 사고판다.

'빚'의 변제가 남아 있지만 아직 나 자신을 담보로 잡은 적은 없다.

아주 위험한 발상이었지만, 나는 자신 있었다.

그리고 그만큼 용의 알은 탐이 나는 것이었다.

라이라도 말하지 않았는가. 용의 알은 1년에 많아야 두 개 정도가 나온다고.

나에게 시간은 무엇과도 바꿀 수 없는 소중한 것이었다.

다시 기다려서 알을 구매할 여유 따윈 없었다.

무엇보다 어느 용이든 내가 '지배'하거든 그 역시 진화할 가능성이 있었다.

용의 진화라!

무엇으로 진화할지 감도 안 잡힌다.

적어도 용종을 초월한 무언가, 혹은 용종의 최종 형태를 띠게 될 것이었다.

지구로 보낼 수만 있다면 더욱 금상첨화였다.

그러니 반드시 하나는 산다. 그러한 각오를 다졌다.

"오래 기다리셨습니다! 기다려 주셔서 정말 감사합니다."

이윽고 은색의 투구를 착용한 암흑상인이 나타났다.

그가 진행자였다.

"오늘은 보기 힘든 분이 몇 분 계시는군요. 멸제의 카르페디엠 님, 쇼텔 아르크라사 님, 월광의 솔론드 님, 그리고……오호, 우리엘 디아블로 님 아니십니까?"

모두의 시선이 내게로 쏠렸다.

나를 제외한 데몬로드가 셋.

하지만 그들은 다시 진행자에게로 눈을 돌렸다.

명백한 무시의 기색이었다. 카르페디엠은 그 저열한 웃음을 다시 흘렸다. 나에 대한 인식을 새롭게 깨달을 수 있는 계기였다.

'최약소 데몬로드.'

아마도 그러한 생각들을 가지고 있으리라.

굳이 신경 쓸 필요도 없는, 약소 중의 약소라고.

"그만큼 오늘의 긴급 경매에 많은 관심이 쏟아졌다는 뜻이겠지요! 그럼, 바로 시작하도록 하겠습니다."

"잠깐. 용의 알은 10개라고 하지 않았나? 왜 9개뿐이지?"

카르페디엠. 그가 나서서 의문을 입에 담았다.

그러고 보니 분명히 내가 본 공문에서 '10여 개'라는 글귀를 본 기억이 난다.

하지만 단상에 올라간 것은 9개뿐이었다.

진행자가 머리를 긁적였다.

"알 하나의 상태가 별로 좋지 않습니다. 솔직히 말하자면…… 마력 주입 과정에서 알에 균열이 생겼습니다. 부화한다고 하더라도 너무 이르고, 마력이 엉클어져 얼마 못 가 죽을 겁니다."

몇 마디의 설명이 더 이어졌다.

용의 빠른 부화를 위해 '마력 주입'이라는 걸 하는데, 그 과정에서 알 하나가 이상을 일으키고 균열이 생겼다는 것이다. 마력을 제대로 못 받아들인다는 건 용으로서의 가치도 없는 데다 부화해 봤자 어차피 금세 죽을 거란 의미였다.

하자가 있는 물건을 내놓을 순 없다. 나름대로의 상인 정신이었다.

그때 카르페디엠이 한마디 더 거들었다.

"그래도 한번 보고 싶군. 혹시 아나? 누군가가 동질감을 느끼고 그 알을 살지 말이다."

동시에 놈이 나를 재차 바라봤다.

무시 가득한 눈빛.

내가 깨진 알 신세라는 건가?

표정을 보아하니 카르페디엠은 자신의 우위를 확신하고 있었다.

"저자가 감히……."

라이라의 눈에 불꽃이 튀었다. 당장에라도 달려들어 카르페디엠의 목을 꺾겠다는 태도였다.

나는 별거 아니라는 듯 라이라의 등을 한 차례 가볍게 두드렸다. 고작 저 정도의 저질스러운 도발에 넘어갈 순 없는 노릇. 놀아주면 놀아주는 대로 같은 수준이란 걸 증명하는 꼴밖에 안 된다.

"……알겠습니다. 손님께서 원하신다면 응당 가져와야지요."

약간의 고민 뒤 진행자가 한 차례 손뼉을 치자, 곧이어 다른 암흑상인들이 수레에 균열이 간 알 하나를 가지고 왔다.

언뜻 보기에는 문제가 없어 보인다.

하지만 자세히 보면 자잘한 균열 몇 개가 알에 가 있었다.

그래서인지 별반 관심을 끌지는 못했다.

"그럼…… 경매를 시작하겠습니다. 먼저 화룡부터 살펴볼까요?"

화룡. 불의 마법을 숨 쉬는 것처럼 자연스럽게 다루는 용이다. 다혈질적이지만 그 파괴력만큼은 인정할 수밖에 없다.

7만 포인트의 가치가 산정되었으니 암흑룡보다는 못 하지만 중상급은 되었다.

"시작가는 3만입니다."

"3만."

"멸제의 카르페디엠 님!"

"3만 5천."

"이건…… 뱀파이어계의 큰손, 파브랑 님 아니십니까!"

나는 가만히 경매 상황을 지켜보았다.

아니, 경매는 보고 있지도 않았다.

나는 오로지 알만 보고 있었다.

마지막에 등장한, 카르페디엠이 비웃었던 그 알.

심지어 다른 데몬로드나 괴물들조차 고개를 돌려 외면했다.

'이래서였군.'

모두가 외면했지만, 나는 다르다.

나는 다른 이들과 다른 걸 볼 수 있다.

어째서 마력의 주입이 제대로 되지 않았는지, 어째서 균열이 갔는지. 그 이유마저도 나는 알 수 있었다.

내심 미소를 지었다.

'너로 정했다.'

겉보기엔 형편없었다. 다른 알들처럼 알록달록하지도 않았다. 색이 옅다는 것 자체가 마력이 형편없음을 보여주는 증거다.

마력이란 그 존재의 격을 나타내는 척도. 그렇기에 대부분의 용은 다른 생명체와 비교도 안 되는 마력 수치를 가지고 있었다.

실제로 색깔이 짙을수록 상급(上級)의 취급을 받아 강력한 장비로 발돋움하는 경우가 많았다. 이는 상식이었고, 나 역시도 능력이 없었다면 다소 실망했을 것이다.

"화룡의 알이 64,000포인트에 '쇼텔 아르크라사' 님께 낙점되었습니다! 축하합니다!"

쇼텔 아르크라사. 그는 거북이처럼 두꺼운 외장갑을 가진 마족이었다.

초록색의 피부에 얼굴은 용의 형상을 하고 있었다.

용이라기보단 사방신 중 하나인 현무를 떠올리게 만드는 외견이었지만, 그의 수행원 전부가 용족이거나 용족과 관련된 생물인 것은 보면 대략적인 취향을 알 수 있었다.

"쇼텔 아르크라사는 괴벽을 지닌 데몬로드입니다. 모든 용을 모으는 것이 목적이라고 하더군요. 그의 성에는 20체의 용이 존재한다고 합니다."

라이라가 한마디 더 보탰다.

이후에도 계속해서 내가 알아야 할 자들, 혹은 알아둬서 나쁘지 않은 자들에 대한 브리핑을 해줬다.

라이라는 그 나름대로의 기준을 두고 있었다. 다른 데몬로드를 '가짜 왕'이라며 서슴없이 비하하지만 나의 승리를 위해선 객관적인 눈으로도 사물을 판별할 수 있는 듯싶었다.

이런 모습을 보면 역시나 괴리감이 있다.

전율과 학살의 여왕이라 불리며 세간을 공포에 떨게 했던 존재.

지금에야 밝히는 심정이지만, 데몬로드보다 그녀를 처치하는 게 더 어려웠다.

오로지 승리를 위해 자신의 사지쯤은 가볍게 버려가며 전쟁에 이바지했다. 지금 생각하면 지독한 헌신(獻身)이었다. 우리엘 디아블로에게만 보이는 그 모습은 전장에 들어가서는 180도 뒤바뀐다.

오죽하면 그 아름다움과 용맹함에 반해 알레테이아와 몇몇 이상자가 열렬한 구원을 보낼 정도였으니.

"……다음은 모두가 눈치채셨을, 최고의 기대가 담긴 물건입니다. 암흑룡의 알! 지저에서 군림하던 '검은 눈동자 그라디아'의 자식이라면 믿으시겠습니까?"

"그라디아!"

"눈을 마주치고 살아남은 자가 없다던 에이션트 웜 아닌가?"

용종 중에서도 가장 오래 살아남아 지혜와 힘을 얻은 존재들을 일컬어 '에이션트 웜'이라고 부른다. 그라디아, 나 역시도 들어봤다.

'등장하자마자 순식간에 중국의 성 두 개가 증발했다지.'

직접 보진 못했다. 통계적으로 1억 명을 학살한 그라디아가 다시 보라색의 '문' 안으로 들어갔기 때문이다. 그런 경우는 거의 발견된 사례가 없어서 기억하고 있었다.

당시 생존자에 의하면 그만한 '분노'는 처음 접해봤단다. 세상을 떨게 만들 수준의 분노가 주변 모든 것을 어둠으로 되돌렸다.

그런데 암흑룡의 알이 놈의 자식이라고?

저 알을 어떻게 구한 것인지 궁금증이 생겼다.

"라이라, 상인들은 저만한 물건을 어디서, 어떻게 구하는 거지?"

"그들 말에 따르면 정당하게 '거래'를 한다고 하더군요. 그 이상은 밝혀진 바가 없습니다."

거래라.

하지만 나는 알 아락사르가 '보라색 문'으로 끌려 들어가는 장면을 봤다.

알 아락사르는 당시 '위대한 별의 의지에 따라 이성을 잃어갈 것이다'라고 말했다. 보라색 문안의 괴수들이 그런 절차를 밟는다면, 그라디아도 그 의지라는 것에 따라 단순히 이성을 잃고 폭주한 걸까?

암흑상인들이 말한 거래라는 게 설마 강탈은 아니었을지. 왜냐하면 암흑상인들은 위대한 별의 비호를 받고 있기 때문이다.

턱을 쓸며 고민해 봤지만 의심만 점점 커질 따름이었다.

"시작가는 5만으로 정하겠습니다. 그럼……."

말이 끝나기도 전에 기다렸다는 듯 카르페디엠이 입을 열었다.

"7만."

"멸제의 카르페디엠 님!"

"9만."

"오호호, 쇼텔 아르크라사 님!"

단위가 2만씩 올라갔다.

처음부터 강하게 나가자 경매에 참여하는 건 둘뿐이었다.

카르페디엠, 그리고 아르크라사.

내가 본 암흑룡의 알이 가진 정당한 가치는 '11만'이었다. 하지만 그 수치도 순식간에 넘어섰다.

"20만."

쐐기를 박듯 멸제의 카르페디엠이 웃음을 지었다.

쇼텔 아르크라사는 이미 화룡과 뇌룡을 산 직후인지라 더는 따라갈 여유가 없어 보였다. 입술을 질끈 깨문 아르크라사를 바라보며 카르페디엠이 미소를 더욱 짙게 만들었다.

그러고는 나를 한 차례 바라보더니 대놓고 말했다.

"기대되는군. 그라디아의 자식이라면 감히 최강의 용종이라 부를 수 있을 테니. 놈이 날뛰는 날이 손꼽아 기다려지는구나."

명백한 도발이다.

나는 이만한 용조차도 쉽게 다룰 수 있노라고.

으스대며 겁을 주는 것이다. 여태껏 한 번도 참여하지 않은 나를 비웃는 행동이기도 했다.

'같잖군.'

하지만 내게 중요한 건 승리다. 실속이다.

그따위 명예, 자존심이 아니라.

어차피 용이 부화하고 자라는 데 걸리는 시간은 만만치 않다.

마력 주입으로 말미암아 그 시간이 단축됐대도 족히 수년은 걸릴 터. 그것도 온전하게 모든 역량을 용의 성장에 동원했을 때의 이야기다.

하지만 내가 본 카르페디엠은 참을성이 없다. 저 용이 완전하게 성장하여 내 영지를 쳐들어올 일은 어지간하면 없다는 뜻이었다.

그런데 20만 포인트라는 거금을 사용했으니······.

도리어 나에겐 잘된 일이었다.

덕분에 손 안 대고 코 풀었다. 다른 데몬로드들의 반응을 보면, 20만 포인트는 충분히 그들의 입장에서도 '거금' 축에 들어가는 것 같았다.

"20만 포인트에 암흑룡의 알이 카르페디엠 님께 낙찰되었습니다!"

과장되게 손뼉을 쳤다. 착용한 은빛의 투구가 덜컹대며 시끄러웠다.

이로써 9개의 알이 모두 팔렸다. 두 개를 제외한 모든 알이 데몬로드에게 낙찰됐다. 그 두 개를 가져간 자들은 진혈의 뱀파이어와 서큐버스 퀸이었는데, 라이라에게 들어보니 각각의 도시를 지배하는 패자(霸者)라고 한다.

나는 그들을 눈여겨보면서 다시 고개를 돌렸다.

"마지막으로…… 황룡의 알입니다. 이걸 내놔야 하는지 지금도 고민이 되는군요."

진행자조차 그다지 기대감이 없었다. 판매하는 입장이지만, 하자 있는 물건이라고 여기는 탓이다.

"시작가는 1만 포인트로 하겠습니다."

"폐처리될 건데 너무 비싸지 않나?"

"저희 상회의 원칙은 손님이 원하는 모든 것을 판다는 것입니다만…… 괜히 팔았다가 문제가 생길 수 있는 물건 또한 정식적으로는 팔지 않고 있습니다. 1만 포인트는 '책임 비용'이라고 생각해 주시길."

책임을 지고 가져갈 수 있는 자만 가져가라.

그러다 보니 섣불리 손을 드는 자는 없었다.

20만이 거금이라면, 1만 또한 막 지를 수 있는 금액은 아니다.

물론 알 속에 숨겨진 '진실'을 볼 수 있는 자가 있었다면 이야기는 달라졌겠지만.

'심안.'

내가 본 게 확실한 것인지 확인을 위해 다시 살폈다.

그러자 다시금 믿기지 않는 정보들이 떠올랐다.

이름: 없음(value-210,000)

종족: 황룡(黃龍)

능력치:

　　힘 1a 민첩 1a 체력 1b

　　지능 1s 마력 1ss

　　잠재력(5/485)

특이 사항: 두 개의 핵이 존재합니다. 서로 '공명'하고 있으나 '마력 흡수' 체질 때문에 주변의 모든 마력을 빨아들이고 있습니다.

※ **마력 흡수:** 마력을 한없이 빨아들이는 체질. 모든 용은 어느 정도의 마력 흡수 체질을 타고나지만 그 경향이 족히 수백 배에 달한다.

이름: 없음(value-230,000)

종족: 백룡(白龍)

능력치:

　　힘 1ss 민첩 1s 체력 1s

　　지능 1a 마력 1c

잠재력(5/485)

특이 사항: 마력의 흡수 현상에서 살아남고자 스스로 '변이'한 결과 마력 대신 신체 능력을 극대화시키는 쪽으로 진화했습니다.

한 개의 알에 두 개의 핵.

쌍둥이였다.

하지만 하나는 황룡이며, 하나는 백룡이다.

용족은 그 색깔에 따라 마력의 종류가 다른데, 황룡 역시 찬란한 황금색의 마력이 넘쳐 나서 그처럼 보이는 것이다.

백룡은 마력을 대부분 흡수당했으니 색깔이 있을 리 만무했다.

'그래서 백룡인가.'

백룡이라니. 그런 용이 있는 줄은 나도 처음 알았다.

극적으로 진화를 도모한 영향인지 신체 능력 세 개의 성장 가능성이 's'에 달했다.

심지어 '힘'은 ss였다. 이는 순수한 능력치로 100을 넘어서는 '마의 벽'을 넘길 가능성이 있다는 의미였다.

반대로 황룡은 마력 흡수 체질 때문인지 마력 수치에 ss표시가 붙어 있었다.

감히 격이 다르다는 말을 이때 써야 할 것이다.

'이런 일도 있군.'

확률의 기적이었다.

용에게도 쌍둥이가 있다는 소리는 처음 들어봤지만, 그 둘 다 특이체질이라니 말이다.

들려오는 심장 소리도 하나였다.

아니…… 하나처럼 들렸다.

'공명.'

둘은 공명하고 있었다. 쌍둥이가 가졌다는 텔레파시와 비슷한 거였다. 심장 소리나 기척마저 일치할 줄은 몰랐지만, 하여튼 둘은 같으면서도 달랐다.

그 때문일까?

암흑상인들도 눈치를 못 채고 있었다.

어쩌면 눈치를 못 챈 척하고 있는 것일 수도 있고.

'팔지 않기 위해 일부러 연기를 한다?'

순간 표정을 굳혔다.

갑자기 떠오른 발상이지만, 충분히 그럴 가능성이 있었다.

실제로 팔지 않으려고 발악하는 것처럼 보일 정도였으니.

저 둘에 비하면 암흑룡도 한 수 접어야 하기 때문이다.

긴급 경매에 나오기엔 아깝다. 더 큰 무대에서 등장할 법한 레벨이었다.

카르페디엠이 언급하지 않았다면 아예 나오지도 않았을 알.

폐처리가 된다고 했었는데 의문을 제기한 순간 바로 운반해서 옮겨놨다. 경매 창고와 같은 곳에 그대로 있었다는 말이다.

보통 처리될 물건은 따로 분리를 시켜놔야 정상이었다. 아니면 암흑상인들의 태도로 보아 하자가 있는 물건은 바로 처분해야 했다.

나는 후자의 가능성에 더 무게를 실었다.

어쩌면 암흑상인들은, 저 알을 더 큰 무대에 내놓을 생각이 아니었을까.

'긴급'이라 이름 붙을 정도로 갑자기 이뤄진 경매이니, 극히 최근에야 겨우 저 알의 가치를 깨달았을 수도 있겠다.

'오로지 데몬로드들만이 참여 가능한 경매 장소가 있다고 했지.'

라이라의 말을 떠올렸다.

일반적인 용의 알이 여기서 버젓이 판매될 정도면, 그곳에서 경매되는 것은 상상도 하기 어려웠다.

하지만 저 알은 분명히 다른 알들을 압도하고 있었다.

그러니 굳이 '책임 비용' 따위를 운운하며 '혹시' 하는 생각에 사려는 자들의 마음을 접게 만든 건 아닐까?

"입찰하실 분이 안 계신다면 이대로 마감하겠습니다."

다른 때보다 유독 빠른 정리다.

나는 이미 마음을 정했다.

"3, 2⋯⋯."

"1만."

"⋯⋯우리엘 디아블로 님."

대답이 석연치 않았다.

하지만 나는 어느 때보다 냉철하고 신중했다.

"끼리끼리 논다더니 진짜로 동질감이라도 느낀 모양이군! 크하하!"

그것을 본 카르페디엠이 박장대소했다.

하지만 그는 모르고 있었다.

덕분에 나는 진짜 '실리'를 챙기게 됐다는 걸.

그의 온갖 비하와 멸시 덕분에, 이 경매에 참여하려는 자도 아예 없었다. 군중심리가 저 알을 사면 무조건 '손해'인 것으로 굳어졌기 때문이다.

나 역시도 보는 힘이 없었다면 저 대열에 합류했을지 모른다.

그때 진행자가 나를 돌아보았다.

"우리엘 디아블로 님, 진심으로 이 알을 구매할 생각이십니까?"

"문제가 되나?"

"문제가 될 경우가 문제지요. 저희는 아무런 책임도 지지 않습니다만."

"그럼 문제없겠군."

진행자가 한숨을 내쉬었다. 나는 그 속에 숨겨진 저의를 읽으려고 애썼다.

"잠시 용을 키우는 맛 정도는 느낄 수 있겠죠. 용의 알을 음미하려는 미식가일 수도 있겠고요. 솔직히 누군가가 입찰을 할 것이라곤 생각도 못했습니다만…… 라이라 디아블로, 로드께서 그런 취미가 있으셨습니까?"

"로드의 결정이시다."

라이라는 완고했다.

적어도 나의 선택을 그녀는 존중해 줬다.

게다가…… 진행자의 말이 많아졌다. 모르고 보았다면 정말로 '하자'가 있어서 어떻게든 막아보려는 걸로 보인다.

실제로 암흑상회의 신뢰도는 매우 높았다. 그러나 그것이 '청렴'하다는 뜻은 아니었다. 적어도 나는 그들의 모든 걸 의심하고 있었다.

바람잡이를 세우거나 다른 이를 투입해서 경매에 참여하는 짓까진 안 하는 듯싶었지만, 계속해서 경계하며 냉철하게 주변을 살피고 있었다.

"……알겠습니다. 더 입찰할 분이 안 계신다면 우리엘 디아블로 님께 알을 낙찰하겠습니다."

멸제의 카르페디엠. 그가 없었다면 한두 명쯤 경쟁자가 나왔을지도 모른다. 이번 기회에 용의 알을 미식해 보려는 미식가가 있을 수도 있으니.

하지만 그가 분위기를 선도하고 조종함으로 인해서 나는 도리어 자유를 얻었다.

더불어…… 데몬로드라도 조심하면 틈을 만들 수 있다는 확신을 가지게 됐다. 저들은 결코 인간의 '상위' 존재가 아니다. 그저 힘이 셀 뿐이었다.

3, 2, 1. 숫자를 세던 진행자가 고개를 끄덕였다.

"낙찰되었습니다. 축하드립니다, 우리엘 디아블로 님."

경매가 끝나고, 내 마음은 더없이 홀가분해졌다.

돌아가는 길.

균열이 간 용의 알을 받았다.

그리고 알에 숨겨져 있던 메모지도 한 장 발견하게 되었다.

작은 종이 위엔 이렇게 적혀 있었다.

「알이 부화하기 전이라면 환불해 드리겠습니다.」

구겨서 버렸다.

동시에 확신이 생겼다.

'완벽한 존재는 없다.'

위대한 별의 하수인들조차도 말이다.

아니면…… 내가 깨어나기 무섭게 10개의 알이 팔리는 긴급 경매가 열리고, 그중 하나를 교묘하게 숨겨놓은 건, 혹시 나의 능력을 시험하기 위해서였을까?

물론 내가 '꿰뚫어 보는 자'임을 아는 존재는 거의 없었다.

너무 나갔다는 생각이 들었지만, 그래도 경계했다.

나 역시 완벽하지 않기에.

내가 싸울 적은 많고 강했다.

그러니 상회를 열고 용의 알을 얻은 건 시작에 불과했다.

시작. 위대한 첫걸음. 이제 겨우 그 발을 뗀 셈이다.

"우리엘 디아블로! 다음에 볼 땐 전장이겠구나. 크흐흐!"

……저놈만 아니었다면 참 무드 있는 마무리였을 텐데.

슬쩍 고개를 돌리자 카르페디엠의 하수인들이 암흑룡의 알을 과시하듯 번쩍 들어 올리고 있었다.

9장
이타콰

암흑룡의 알에선 번쩍번쩍 광이 났다.

20만 포인트란 거금을 들여서 구매했으니 아끼는 마음은 이해했다.

그것을 나에게 보여주는 건 과시욕의 일부고.

"무시하십시오. 말이 통하지 않는 자와 대화를 할 이유가 없습니다."

게이트로 넘어가는 길목에서 라이라가 정확하게 짚었다.

카르페디엠. 그는 모든 게 자신을 중심으로 돌아가고 있다고 생각하는 부류였다. 오만하고, 직설적이고, 꽉 막힌. 전형적인 '말 안 통하는' 범주에 들어가는 존재.

본래라면 무시했을 것이다.

말싸움을 해봐야 서로 같은 레벨임을 인증하는 꼴이니까.

하지만 선전포고를 받고서도 가만히 있을 순 없는 노릇이었다.

'다음에 만날 땐 전장이라.'

좋은 말이었다. 덕분에 정신이 들었다. 내가 싸울 적은 강하고 많지만 당장 넘어서야 할 산은 저놈이었다. 멸제의 카르페디엠.

만약 놈이 압도적인 전력을 보유하고 있었다면 진즉에 영지를 밀어버렸을 것이다. 하지만 시간을 질질 끌고 있다는 건 놈의 상황도 여유롭진 않다는 뜻이었다.

더불어…….

'나를 경계하고 있다.'

저토록 자신의 위신을 내게 보이려 노력한다는 것은 반대로 말하면 나를 경계한다는 의미다.

내가 가진 힘. 내가 가진 권능. 어느 것도 제대로 알려진 바가 없었다. 특히 디아블로에게 받은 지배의 힘은 아무도 모른다. 오직 나만이 알고 있었다.

라이라는 말했다.

디아블로. 그는 아주 강력한 마신이라고. 그나마 견줄 수 있는 이름은 브뤼시엘, 아르하임, 제로, 팔콘뿐이라고.

생각해 보면 경계를 하는 게 당연하다. 권능의 종류와

그 힘의 크기에 따라서 전장의 판도를 바꿀 수도 있는 것이다.

하여, 나는 약하게 나갈 필요가 없다는 결론에 도달할 수 있었다.

"로드시여……?"

나는 라이라의 충고를 무시하고 앞으로 나아갔다.

그리고 카르페디엠의 앞에 섰다.

놈을 지키던 10마리의 괴물이 나를 막아섰지만 아랑곳하지 않았다.

"나도 그날이 무척이나 기다려지는군. 바닥을 기며 삶을 구걸하는 자가 누구일지."

카르페디엠이 인상을 구겼다.

내가 이런 식으로 받아칠 줄은 예상하지 못했다는 듯.

"현실을 깨닫지 못한 멍청한 놈 같으니. 이곳이 암흑상회라서 내게 그따위 도발을 하는 거냐? 내가 마음만 먹으면 그깟 영지쯤은 단번에 밀어버릴 수 있다. 하지만 나는 아량이 넓으니 라이라 디아블로, 그녀만 내게……."

"너의 그 같잖은 괴물들이 네 목까지 지켜줄 수 있는 줄 아는구나. 또한, 라이라를 내놓으라? 돼지 목에 진주 목걸이를 달아달라는 말과 뭐가 다른지 모르겠군."

카르페디엠. 그는 감정에 솔직한 자였다. 얼굴만 봐도 얼마나 화가 나 있는지 알 수 있었다.

라이라가 전투태세를 갖추며 내 옆에 섰다. 카르페디엠의 하수인들도 한마디 말만 떨어지면 바로 공격할 준비를 했다. 암흑상회는 전투금지의 장소지만 불가능한 것은 아니었으므로.

"노옴…… 진정으로 나를 화나게 할 셈이냐? 무엇을 믿고 설치는지 모르겠지만, 상대를 잘못 골랐다."

"너야말로 나를 화나게 하지 마라. 내가 왜 100년이나 잠들어 있었다고 생각하지?"

유독 길었다.

다른 데몬로드는 대부분 얼마 지나지 않아서 깨어났지만, 우리엘 디아블로는 자그마치 100년이 걸렸다.

소문은 무성했다.

그중에는 '그만큼 강력한 권능을 하사받아서'란 소문도 있었다.

라이라에게 들은 말이긴 하지만 나는 그 소문을 이용하고 부풀려 볼 생각이었다.

내가 무심하게 말하자 카르페디엠이 눈썹을 더욱 구겼다.

약소 중의 약소. 허세인가 진짜인가를 가늠하고자 나를 살폈다.

나는 한마디만을 더 남기고 몸을 돌렸다.

"전장에서 볼 때가 기다려지는구나, 카르페디엠. 진심으로 말이다."

[우리엘 디아블로와의 영혼 동화율이 69%까지 상승했습니다.]

뭐지?

몸을 돌리자마자 눈앞에 떠오른 글귀였다.

본래의 영혼 동화율은 58%였던 것으로 기억한다.

자그마치 11%가 상승한 것이다.

카르페디엠에게 허세를 부린 게 동화율을 올리는 데 도움이 된 건가?

문득 옆으로 고개를 돌리자, 라이라가 부담스러운 눈빛으로 나를 멍하니 바라보고 있었다.

"……변하셨군요."

게이트를 향해가자 그녀가 입을 열었다.

내심 뜨끔했다.

우리엘 디아블로의 연기가 서툴렀을 수도 있다.

하기야 그의 기억 속에서도 허세를 부린다거나 강경하게 무언가를 하는 장면은 없었다.

대부분이 수동적인 삶이었다.

데몬로드가 되는 것도, 라이라가 밀어붙이지 않았다면 도

전조차 하지 않았을 것이다.

'나랑은 안 맞아.'

안 맞은 가면을 썼던 건 과거의 한 번이면 만족한다.

어차피 상회를 만들고 카르페디엠에게 도전장을 내민 것부터 이미 미래가 바뀌기 시작했다.

다소 치사한 방법이지만, 밀어붙이기로 하였다.

"변해서 싫은가?"

라이라가 천천히 고개를 저었다.

"그런 건 아니지만…… 가끔 제가 기억하던 로드의 모습과 다른 모습을 보일 때가 있었습니다. 특히 오늘은."

아예 눈치가 없는 건 아닌 듯싶었다.

굳이 입에 담지 않았을 뿐.

혼이 바뀌었다니, 상식적으로 말이 안 되는 일이다.

하지만 반응을 보면 오늘 내가 보인 모습이 썩 나쁘진 않았던 것 같다. 도리어 라이라는 수줍은 듯한 기색을 보이고 있었다.

자신을 진주와 비교하며 카르페디엠에게 넘기지 않겠다는 뜻을 명확하게 비쳤기 때문일까?

하나 나는 무겁게 말했다.

"바뀌어야 한다. 너도, 나도. 우리의 적은 결코 호락호락하지 않다."

그렇다. 정해진 결과대로 가면 결국 파국이다. 아무것도 얻지 못하고 지구로 쫓겨나듯 도망가는 미래가 펼쳐질 터였다.

하지만…… 바꿀 것이었다.

우리엘 디아블로, 네가 하지 못했던 걸 내가 해내겠노라고.

너는 파괴와 살육밖에 남기지 못했지만 나는 보다 위대한 업적을 쌓고 쌓아서 최후의 결말까지 닿겠노라고.

그렇게 다짐했다.

"……명심하겠습니다."

무언가 깨달음을 얻었는지 라이라가 수줍음을 감추고 작게 고개를 숙였다.

나는 황룡과 백룡의 쌍둥이 핵이 담긴 알을 바라봤다.

상회에서 돌아오고 이틀째.

알의 부화가 얼마 남지 않았음이 느껴졌다.

그들은 마력 주입이 실패했다고 했지만, 그저 완벽하게 흡수하여 티가 나지 않았을 뿐이다. 오히려 다른 알들보다 황룡과 백룡의 알이 더욱 빠른 성장을 보이고 있었다.

'분명히 공명한다고 했지.'

나는 다시금 심안을 열어 둘의 상태를 살폈다.

공명이란 서로를 느끼는 것이었다. 멀리 떨어져 있어도 적용이 된다면 한 마리는 심연에, 한 마리는 지구에 놓아도 되지 않을까? 실시간으로 위급함을 전할 수만 있다면 즉시 전이하여 만약의 상황에 대비할 수 있을진대.

문제는 방법이다.

'암흑문을 통해서 지구로 보낼 수 있다고는 하나.'

떨어지는 위치도 문제고, 그것을 찾으러 가는 것도 문제였다.

확실한 건 분명히 '문'의 형식으로 나타날 거라는 점.

내가 가서 직접 문을 열어야만 찾을 수 있을 것이다.

'부딪혀 봐야겠군.'

지배자의 연동도 직접 부딪혀 봐야 아는 것이었다.

과연 데몬로드의 신체로 지배를 행한 것이 본신에게도 이어질 것인지.

이러한 실험은 빨리 해서 나쁠 게 없었다.

황룡과 백룡 중에 무엇을 보낼지도 정했다.

'백룡이 낫겠지.'

상상을 초월하는 육체 능력. 반대로 황룡은 체력이 약했다. 갑작스러운 환경의 변화에 적응을 하지 못할 수도 있다는 뜻이다. 심연과 지구는 분명히 모든 게 다른 곳이었으므로.

"로드시여, 이름은 정하셨나요?"

불현듯 라이라가 다가왔다.

용의 알을 바라보는 눈빛에서 애정과 약간의 섭섭함이 느껴졌다.

처음으로 용을 길러볼 수 있는 기회가 생겼으나, 진행자의 말이 사실이라면 얼마 못 가 죽을 게 확정되어 있었기 때문이다.

나는 가만히 턱을 쓸었다.

"이름?"

"용은 이름에 따라 특색 있게 성장한다고도 전해집니다. 강인한 이름을 붙이면 보다 강하게 자랄 수 있을 거예요."

처음 들어보는 말이었다.

금동이, 은동이를 생각했던 나 자신을 반성하게 된 순간이었다.

"생각해 둔 건 없군."

"그럼…… 제가 하나 의견을 올려도 괜찮을지요?"

어려운 일은 아니었다.

고개를 끄덕이자 라이라가 기쁘게 웃으며 말했다.

"이타콰, 고대에 태풍을 다루며 수많은 거인을 물리친 용맹한 야수의 이름입니다."

"이타콰."

착착 입에 달라붙는 이름이었다.

태풍을 다스리는 야수라. 황룡보다는 백룡에게 어울리는 이름이다.

"그럼 나머지 한 마리의 이름은 '이그닐'로 해야겠군."

내가 겪었던 가장 강력한 용의 이름이고, 무엇보다 이타콰와 같은 이씨 돌림이었다.

"나머지 한 마리라니요?"

"이 알 속에 두 마리가 들어 있다."

"⋯⋯예?"

라이라가 잠시 벙한 표정을 만들었다.

그럴 만도 했다. 하나의 알에 두 마리가 들어 있다니. 상상조차 못 하고 있었을 것이다.

강인한 이름을 지어주려던 것도 용이 조금이라도 건강하게 성장하길 빌어서다. 그다지 희망적인 느낌으로 지은 게 아니었던 탓이다.

"곧 부화하겠군."

나는 작게 웃으며 고개를 돌렸다.

쩌적! 소리와 함께 알의 균열이 커지며 갈라졌다.

후우우웅!

주변의 마력이 요동쳤다.

내 심장마저 요동칠 정도로 강렬하기 짝이 없었다.

용의 부화는 나도 처음 보는 것이었다.

"이, 이 정도의 마력 방출이라니……!"

라이라는 반쯤 기겁하고 있었다. 그녀의 표정을 보면 이 정도로 막대한 마력의 표출은 확실히 비정상적인 듯싶었다.

이윽고 알이 완전히 깨지며 두 마리의 용이 모습을 드러냈다.

한쪽은 황금빛이 찰랑이는 비늘을 지녔고, 다른 한쪽은 완연한 순백이었다.

아름답다. 그 말이 절로 나올 정도로 황홀한 광경이었다.

크기는 이제 50㎝ 정도.

둘은 바닥에 앉아 꼬리를 파닥대며 나를 바라보고 있었다.

"이그닐, 이타콰."

내가 두 이름을 부르자 녀석들이 귀를 쫑긋 세웠다.

동시에.

[지배자의 힘이 발휘됩니다. 황룡 '이그닐'과 백룡 '이타콰'에게 강력한 지배의 영향을 끼치기 시작했습니다.]

[지혜와 현안의 어머니, 발푸르기스의 자식들입니다. '성현(聖賢)의 가호'가 부여됩니다.]

['성현(聖賢)의 가호' 란 이름에 부여되는 자격입니다. 염왕의 힘과 태풍의 힘이 각각 적용되기 시작합니다.]

끝이 아니었다.

둘은 내 몸에 붙어 꾸역꾸역 오르기 시작하더니, 양어깨에 도착하곤 꼬리를 살랑대며 흔들었다. 곧 이마가 빛나기 시작하더니 서서히 번져 나간 빛이 내 전신을 조금씩 감쌌다.

['혼의 연결' 이 시작되었습니다.]

[이그닐과 이타콰가 사용자를 부모로 인식합니다.]

[용은 외견이 아닌 혼의 연결로 죽을 때까지 대상을 인식할 수 있습니다.]

용의 태생이나 성장에 관해 내가 알 리 만무했다.

그 개체가 많지 않기 때문에 알려진 사실도 거의 없었다.

라이라조차도 이런 현상에 대해선 들어본 바가 없다는 듯 눈을 동그랗게 뜬 채 이곳을 바라보고 있었다.

'……됐다.'

연결됐다는 느낌이 들었다.

눈을 감아도 느낄 수 있었다. 이 둘의 감정마저 느껴졌다.

작게 전율했다. 연결뿐만이 아니다. 이 두 마리가 얼마나

'격 높은' 존재인지도 알 것 같았다.

지혜와 현안의 어머니 발푸르기스가 누구인지는 모르지
만…… 그의 자식인 이 두 마리의 용은 일반적인 용과는 종
의 규격 자체가 달랐다.

무엇보다 정말로 이름에 힘이 주어졌다. 성현의 가호는 내
가 알고 있는 어떠한 가호보다 더욱 값진 것이었다.

이는 하늘이 내게 내린 기회가 분명했다.

할짝!

할짝!

내가 전율하는 사이, 이그닐과 이타콰가 더욱 애교를 피우
며 내 목덜미를 핥기 시작했다.

혼의 연결이 완성된 순간 둘은 나를 부모로 인식했다.

이그닐과 이타콰의 눈은 유독 맑았고 마치 나의 깊숙한 곳
을 꿰뚫어 보는 것만 같았다. 나름 많은 용을 보아왔지만 이
토록 현묘한 느낌을 주는 건 이 둘이 처음이었다.

이그닐과 이타콰는 처음 세상에 나왔음에도 감정을 알고
있었다.

행복. 즐거움이 전해졌다.

아니…… 나는 내심 고개를 저었다.

알고 있는 게 아니다.

'내가 감정을 느끼듯, 이 둘도 내 감정을 느낀다.'

나의 감정으로 말미암아 학습하고 있었다. 태어난 지 이제
고작 수 분밖에 지나지 않은 용들은 나를 마주하고 내가 느
끼는 감정을 적용시켜 벌써 실전에 들어간 것이다.

놀라운 일이었다.

하지만 신중해야 했다.

이 둘의 성장에 있어서 그만큼 내가 가지는 감정이나 배경
따위가 중요하다는 뜻이었으니까.

한번 감정을 지워보았다.

부동의 자세로 일관하자 곧이어 반응이 생겼다.

끼이?

끼룩?

무던히 목을 핥던 이그닐과 이타콰가 잠시 행동을 멈추고
고개를 갸웃했다. 요동치던 감정의 물결이 한순간 잦아들자
당황하고 있는 듯했다.

이번엔 화를 내보았다.

분노의 감정. 내가 알던 자들이 하나둘 죽어가던 그 장면
들을 떠올렸다.

무력하기만 했던 나날들. 힘이 있음에도 지킬 수 없었던
친우와 수많은 인연.

끼이! 끼이이!

꾸우우.

그러자 반응이 갈렸다. 이그닐은 날개를 끝까지 펼쳐서 주변을 경계했다.

반대로 이타콰는 내 목을 천천히 핥으며 얼굴을 비볐다.

왜일까. 같은 감정을 전달받았음에도 왜 이런 차이가 나는 걸까.

'쌍둥이지만 부화하는 과정은 달랐지.'

이그닐은 모든 마력을 흡수했다. 있는 그대로를 받아들였고 내 분노의 감정을 잘 표현해냈다.

반대로 이타콰는 살아남기 위해 발악했다. 스스로 진화하며 필요 없는 걸 과감히 버리고 신체 능력을 극대화시켰다.

때문인지, 나의 분노 깊숙한 곳에 잠들어 있던 '연민과 슬픔'에 더욱 집중하는 것 같았다.

누가 더 낫고 그르다는 게 아니다.

둘 다 맞았다.

내 감정을 둘 다 제대로 표현한 셈이다.

헥헥!

끼이…….

하지만 둘은 금세 지쳐 했다. 나는 곧 내 실수를 깨달았다.

'이제 막 태어난 아이들이었다는 걸 깜빡했군.'

감정을 받아들이는 데에도 한계가 있었다. 아무리 종의 규격 자체가 다르다고 할지라도 이제 막 태어난 아이들이 모든 걸 해낼 순 없는 노릇이다.

나는 다시 행복의 감정을 되새겼다. 이 둘을 얻음으로써 생긴 무한한 가능성. 과거는 그저 과거일 뿐, 나아갈 원동력이 생겼다. 내가 알던 자들은 죽지 않을 것이며, 모든 것을 위해 헌신했던 자들도 버리지 않을 것이다.

힘이 없음에 좌절할 상황 자체를 만들지 않겠다. 힘이 있음에도 그저 지켜보기만 하진 않을 것이었다.

이그닐과 이타콰는 내 다짐의 시작과 같았다.

"어떻게 이런…… 일이……."

라이라는 여전히 놀라는 중이었다.

나는 피식 웃었다.

"카르페디엠의 암흑룡 따윈 이그닐과 이타콰의 상대가 아니다."

"하, 하지만 분명히 진행자는……."

"죽을 거라고 했었지. 마력 흡수를 못 한다고."

"맞습니다. 그런데 로드께선 알의 특이성에 대해 알고 계셨군요."

"내가 '꿰뚫어 보는 자'임을 잊은 것이냐? 그들이 아무리 발악하며 알아보려 해도 내가 한번 훑어보는 것보다 못하다."

라이라는 내 능력을 알고 있었다. 지배자의 권능도 어

렴풋이 눈치채고 있을 터였다. 슬라임을 진화시키고 쉐도우 카임을 만든 걸 가장 가까이에서 지켜본 게 라이라였으므로.

그녀는 눈치가 없는 게 아니었다.

단지 내가 말하기 전에는 굳이 입에 담지 않을 뿐이었다.

그녀의 모든 중요 순위에 최우선적으로 우리엘 디아블로가 있기 때문이다.

라이라가 조심스럽게 물었다.

"본격적으로 능력을 사용하실 생각…… 이신 가요?"

"무언가가 두렵다는 눈빛이구나."

"아닙니다. 단지 로드께선 항상 자신의 능력을 모두 보이는 것을 경계하고 계셨습니다. 공개적인 장소에서 능력을 발휘하는 것 역시 극도로 자제하셨지요. 그저…… 걱정이 되어서 그렇습니다."

우리엘 디아블로는 태생이 서자였다. 능력을 보이면 태양왕에게 죽을 운명이었고, 태양왕의 울타리를 벗어난 뒤에도 자신의 능력이 알려지면 이용당할 가능성이 매우 높았다.

그래서 숨겼다. 그 숨기는 게 버릇이라도 된 모양이다.

데몬로드가 된 뒤에도 마냥 숨기기만 한 걸 보면.

아마도 태양왕이라는 그림자가 계속해서 뒤를 따라다니고

있었으리라.

'답답한 놈.'

아무리 그래도 이만한 능력을 썩히는 건 죄다.

나는 그럴 생각이 전혀 없었다.

놈과는 반대로 미친 듯이 사용하며 최대한의 이득을 볼 것이었다.

"걱정 마라."

"죄송합니다, 로드시여."

라이라가 고개를 숙여 보였다. 자신이 해야 할 걱정이 아니라는 걸 깨달은 거다.

이해가 되긴 했다.

라이라 디아블로. 그녀의 행동거지는 모든 게 우리엘 디아블로에게 맞춰져 있었던 탓이다.

나는 다시 이그닐과 이타콰를 바라봤다.

놈들은 졸린지 하품을 내뱉으며 내 어깨 위에 턱을 대고 있었다.

그래서인지 덩달아 나까지 졸려졌다. 이 역시 대단한 일이었다. 막 전이를 할 때를 제외하면 데몬로드의 신체가 무거워짐을 느낀 적이 없었건만.

"이 둘에게 먹일 먹이를 준비해 둬라. 일어나기 무섭게 먹어댈 것이니."

"알겠습니다. 그리고…….."

"더 할 말이 있나?"

라이라가 천천히 다가왔다.

이후 가슴에 손을 양손을 얹고는, 매우 조심스럽게 말했다.

"제가 한번 안아봐도…… 될까요?"

용에 대한 선망은 경매장에서부터 알아봤지만, 초롱초롱 눈을 빛내며 갈구하는 모습을 보니 천지개벽이 일어난 듯 엄청난 괴리감이 생겼다.

떨떠름한 표정으로 이그닐과 이타콰의 몸통을 잡아 그대로 라이라에게 넘겼다.

끼이이!

꾸루룩!

라이라에게 안긴 즉시 둘은 발버둥을 쳤다.

나와 떨어지기 싫다는 감정이 그대로 전해졌지만.

"후후후."

어느 때보다 해맑은 라이라 디아블로의 웃음을 보며 잠시 할 말을 잃었다.

그 전율과 학살의 여왕이라곤 상상도 할 수 없는…….

겨우 정신을 차린 나는 고개를 끄덕였다.

못 본 거로 하자고.

이그닐과 이타콰는 식성이 좋았다.

자기 몸집 이상의 음식을 먹어댔다.

육식이었고, 막 잡은 소 한 마리를 뼈에 붙은 살까지 쪽쪽 대며 핥아 먹었다.

심연에 있는 소는 생김새가 조금 다르긴 했지만 하여튼 둘이서 한 끼로 한 마리를 먹었으니, 성장하면 얼마나 먹어댈지 상상도 가지 않았다.

'지구에서가 문제군.'

심지어 성장하는 게 눈에 보일 정도로 빨랐다.

어째 콩나물보다 빠른 것 같았다. 하루가 지나자 10㎝가량이 커져 있었다.

용의 성장에 대하여 라이라에게 묻자 그녀가 답했다.

"개체마다 차이는 있지만 대략 1m 크기까지 통상적으로 한 달 이내에 자란다고 합니다. 그래도 하루 만에 이 정도 성장은 확실히 이상하긴 하군요."

용은 최대 20m 크기까지 자란다. 그보다 큰 용은 거의 본 적이 없었다.

라이라는 소 한 마리가 사라진 걸 보곤 즉시 성을 나가 사냥을 해왔다. 처음에는 이그닐과 이타콰도 경계했지만 몇 차례 먹이를 가져다주자 라이라에 대한 경계를 해제했다.

나는 동시에 여러 가지 실험을 해보고 있었다.

전이까지의 시간이 얼마 남지 않은 탓이다.

'이그닐, 이타콰 모두 공간의 보석에 들어간다.'

생각한 대로였다.

Lv5 이하. 그러니까 능력치 총합 250까지는 공간의 보석에 담을 수 있었다.

'이타콰를 보내자.'

이타콰는 활동적이었다.

성 곳곳을 돌아다니며 벌써 슬라임과 전투를 벌일 정도로.

반면에 이그닐은 얌전했다.

내 주변에 있으며 가만히 나를 들여다보는 때가 많았는데, 별다른 감정이 전해지지 않아서 무슨 생각을 하는지까지는 알 수가 없었다.

그냥 해바라기 같았다. 내가 움직이는 대로 이그닐의 목도 같이 움직였다.

활동적이고 신체 능력이 뛰어난 이타콰라면 많은 변수에서도 살아남을 수 있을 것이다.

이타콰를 보내기로 확정을 지은 뒤에는 함께 보낼 것들을 구상했다.

'쉐도우 카임과 물약 몇 가지.'

딱히 없었다. 쉐도우 카임은 이타콰와 잘 어울렸다. 지금도 성 곳곳을 돌아다니며 쉐도우 카임과 술래잡기 비슷한 것을 하고 있었다.

'그럼…….'

대략적인 정리를 끝낸 뒤 자리에서 일어났다.

이후 데몬로드의 방의 끝에 있는 '성좌'로 다가가 앉았다.

'이제야 마음 편히 관조해 볼 수 있겠군.'

눈을 감고 신체로 마력을 순환시켰다.

내부를 관조했다.

나는 알고 싶었다.

인간과 데몬로드, 둘의 차이가 무엇인지.

알 수만 있다면 더욱 큰 가능성을 얻거나, 혹은 데몬로드의 약점을 파악할 수도 있을 것이었다.

그동안 틈틈이 해봤지만 이제야 제대로 할 시간이 생겼다.

'데몬로드의 마력은 심장과 뇌에 유기적으로 모여 있다.'

마력이 순환하는 통로는 매우 작고 복잡했다.

인간과는 달랐다.

인간은 마력을 주로 아랫배에 모았다. 흔히들 '단전'이라 부르는 그곳.

반면에 데몬로드의 마력은 심장과 뇌를 오가며 끈적끈적하게 순환하고 있었다. 이러한 마력의 흐름은 내게도 생소하고 신기한 것이었다.

왜냐면…….

'중단전과 상단전이 열려 있단 말이지.'

심장은 중단전(中丹田)이고, 머리는 상단전(上丹田)이라 칭한다. 그러나 인간이 쓸 수 있는 건 배꼽 아래, 하단전(下丹田)뿐이었다.

몇몇 사람은 이 통로를 뚫으려고 노력하다가 마력이 꼬여서 죽었다. 하나도 빠짐없이 죽은 뒤로는 그러한 방법들이 '금기시'되고 있었다.

'마력 수치가 가장 올리기 어렵다. 그 이유는 인간이 하단전밖에 쓸 수 없기 때문이다.'

가설이긴 하지만 신빙성은 높았다.

그래서 순수 능력치로 마력 100을 채운 사람이 없었다.

내가 알기로는 0에 수렴했다.

수많은 방법이 연구되고 실행됐지만 모두 실패했다.

왜냐하면, 몰라서다.

환경이 뒤바뀌고 고작 수십 년.

무언가를 고도로 발전시키기엔 짧은 시간이었다.

인간의 신체에 대한 연구는 오래전부터 이뤄졌고 기(氣)의 존재도 유추하고 있었지만 그뿐이었다.

그것을 이용하여 마법을 구사하고 하늘을 날아다니진 못

했다.

각성한 뒤에야 사람들은 그러한 기운을 겨우 사용하기 시작한 것이다.

사실 단전이라는 표현도 애매하기 그지없었다.

그저 배꼽 아래에 마력이 모여 있으니 하단전일 것이다, 라고 추측만 할 따름.

하지만 데몬로드의 신체는 하단전을 쓰지 않았다.

심장과 뇌, 중단전과 상단전만을 사용했다.

그래서인지 마력의 순환이 엄청나게 빠르고 즉각적이었다.

느낌이 전혀 달랐다.

마치 거북이에서 독수리가 된 기분이었다. 마력을 사용함에 있어서 막힘이 없으니 창공을 훨훨 날아다니는 것 같았다.

'알아낼 수 있지 않을까.'

알고 싶다.

그 차이점을.

그저 태생적인 차이라면 너무 억울하다.

그러니까…… 밝혀낼 것이다.

밝혀낼 수만 있다면, 그것을 적용시킬 수만 있다면, 인류의 성장이 몇 배는 더 빨라질지 모른다.

나의 성장 역시도.

나는 눈을 감았다.

끼이이!

시이익!

그러자 내 옆으로 이그닐과 이타콰가 모여들었다.

둘은 나와 비슷한, 하지만 엉거주춤한 자세로 내 어깨 양 옆에 앉았다.

동시에 둘의 신체가 황금색과 백색으로 빛났다.

그 빛들은 내 몸속으로 흡수되어, 길을 인도하듯 내가 관조하는 어두운 세계를 밝혀 나가기 시작했다.

'보인다.'

이그닐과 이타콰가 비춰준 건 나의 심상이다.

더 또렷하게 나 '자신'을 느낄 수 있게 만들어주었다.

덕분에…… 나는 잠겨 있던 문을 열 수 있었다.

'심상세계.'

심상세계. 마법사들이 흔히 행하는 명상과 관조(觀照)의 최상위 레벨로, 들어가면 미지의 영역이라 일컬어지는 심상세계를 구현할 수 있다.

마법사 중에서도 심상세계를 구현할 수 있는 자는 극소수이며 그중에는 과거의 나 역시도 포함되어 있었다.

가상이고, 허상이고, 하지만 실제로 영향을 끼치는 장소.

본래라면 불가능했을 것이다. 심상세계의 구현은 자각몽과 비슷하지만 더욱 고도의 집중력과 마력의 배치를 요구하기 때문이다.

과거에서 돌아온 뒤, 나는 쉽게 집중하지 못하고 있었다. 너무나도 많은 것을 생각해야 했고 앞으로 펼쳐질 미래를 선택해야 했기에.

'……된다.'

이그닐과 이타콰의 빛은 내 정신을 맑게 만들었다.

덕분에 나는 심상세계에 데몬로드의 신체 내부를 복사해 첫 줄기부터 늘어놓을 수 있었다.

그러자 녀석들 역시도 내 정신과 연결되어 주변에 나타났다.

꾸우우.

시이이?

이그닐은 여전히 멀뚱한 표정으로 나를 바라봤으며, 이타콰는 궁금증 가득한 듯 몸을 움직이려 애썼으나 쉽게 발을 떼지 못했다.

당연한 일이다. 내 허락 없이 이 공간에서 움직일 수 있는 건 아무것도 없다.

그러나 나조차도 놀라고 있었다.

설마 둘이 '내 공간', 그러니까 정신적인 영역에마저 들어올 줄이야!

'이런 식으로 계속 놀라다 보면 끝이 없겠군.'

슬슬 적응을 해야 할 것 같았다. 이 녀석들은 무한한 변수다. 내 관념의 틀 정도로 이 둘을 제단할 순 없을 듯했다.

"움직이지 마라."

나는 이그닐과 이타콰의 행동을 제한했다.

그러자 둘이 고개를 갸웃하며 내가 하는 것을 바라봤다.

'이게 데몬로드의 신체 내부.'

확대했다.

전신에 흐르는 피의 흐름, 장기의 움직임, 미세한 떨림마저 모두 볼 수 있게 되었다.

큰 틀에선 인간과 다를 바가 없다. 그 점에서 나는 꽤 놀라고 있었다.

하여 나는 마력이 신체에 끼치는 영향을 먼저 살폈다.

'마력의 미세한 움직임이 역동적이군.'

완벽한 순환이었다. 중단전과 상단전으로 흐르는 마나는 마치 접착제처럼 끈적끈적했고, 그 유대를 유지하고자 나선형으로 움직였다.

너무 작아서 놓칠 뻔했다. 수많은 나선형의 마력 줄기 수만, 수십만 다발이 엉켜 있었다. 언뜻 하나의 줄기처럼 보였지만, 아니었다.

내 의문은 더욱 커졌다. 이만한 숫자로 꼬여 있다면 폭주해야 했다. 그만큼 정리가 잘되어 있다는 뜻일까?

'마력의 역추적.'

데몬로드의 하단전에도 마력의 흔적이 남아 있었다. 이는 분명히 하단전에도 마력이 통했었다는 방증이다.

성장하면서 하단전이 닫히고 중단전과 상단전만을 활용하기 시작한 것이다.

나는 흥분했다. 심상세계에 들어가서야 겨우 발견할 수 있었다. 이 마력의 잔재를 따라가다 보면 방법을 알 수 있을지 모른다.

시간이 흘러갔지만 괘념치 않았다. 이그닐과 이타콰가 하품을 내뱉었다. 그들이 서로를 핥아주며 무료함을 달래고 있을 때, 나는 또 다른 흔적을 발견할 수 있었다.

'위로 올라가는 게 아니었구나!'

하, 중, 상.

우리는 잘못 생각하고 있었다. 배꼽에서 심장 쪽으로, 심장에서 뇌의 방향으로 마력을 억지로 운용해 기의 활로를 뚫으면 될 줄 알았다.

잘못됐다. 이미 통로는 뚫려 있었다.

정확하게 말하자면…… 그 통로는 나이를 먹으며 자연스럽게 닫히게 되어 있었다.

'그럼 아주 어릴 때 각성해야 중단전과 상단전을 개방시킬 수 있다는 건가?'

하지만 안 될 일이었다.

아기를 각성시킬 경우 수명이 극도로 짧아진다.

마력을 다룰 수 있는 나이가 있다. 최소 15살은 되어야 했다. 그전에 각성하면 신체가 감당하지 못해 빠르게 늙어 간다.

결국 또 다른 숙제였다. 이 닫힌 '문'을 어떻게 개방시켜야 하는지.

꾸우우?

시이이이!

그때였다.

이그닐과 이타콰가 움직이기 시작했다.

내 말로도 제어하지 못하다니. 그만큼 나와 긴밀하게 엮여 있다는 걸까?

이어 둘이 작은 날개를 펄럭이며 동시에 빛을 쏘아댔다.

날개에서 쏘아진 황금과 백색의 빛은 데몬로드의 신체 한 곳을 가리키고 있었다.

'여기는 사혈(死穴)인데.'

백회혈(百匯穴)이라 부르는 정수리 부분.

급소다. 강한 충격을 주면 뇌부가 흔들려 치명적이었다.

나는 유심히 그 장소를 들여다보았다.

그리고 얼마 있지 않아서 동공이 크게 흔들렸다.

'아……!'

작은 깨달음이었다. 왜 이그닐과 이타콰가 그곳을 비추어 준 건지 알 것 같았다.

'시작. 이곳에서 시작하는 거였구나!'

아래에서 올라가는 게 아니라, 위에서 아래로 내려오는 거였다.

인간의 신체와는 달리 데몬로드의 신체는 그 부분만 아주 작게 열려 있었다.

수많은 나선형의 마력이 다발로 뭉친 걸 지탱해 주는 부분이 백회혈 쪽의 작은 구멍이었다.

이곳을 뚫으면…… 자연스럽게 중단전과 상단전이 열리고, 쓸모가 없어진 하단전은 천천히 닫혀갈 터.

하단전은 한마디로 마력이 잠시 머무르는 장소였다.

나는 작게 몸을 떨었다. 심상세계에 들어오지 않았다면, 이그닐과 이타콰의 도움이 없었다면, 저 보이지도 않을 만큼 작은 구멍을 인지하지 못했을 것이다.

'마족의 몸은 저 과정을 물 흐르듯 자연스럽게 해낸다. 인간은 그렇지 않기에 그저 구멍만 뚫어선 안 돼. 나선형으로 마력을 억지로 꼬아주고 이어줘야 한다.'

수많은 신체 실험이 행해졌다. 그저 백회혈에 작은 구멍을 뚫는 게 전부였다면 진즉에 중단전과 상단전을 여는 방법이 알려졌으리라.

하지만 마력을 나선형으로 꼬아서 잇고 순환시키는 시스템을 구축해야만 정상적으로 기능을 할 수 있었다.

나는 그것을 실시간으로 보고 있었다.

느끼는 중이었다.

그래서 확신할 수 있었다.

'할 수 있다.'

드디어, 드디어…….

한계를 극복할 수 있는 방법을, 찾았다.

심상세계를 접고 현실로 돌아왔다.

동시에 양쪽 두 볼을 타고 작은 눈물이 흘러내렸다.

분노도, 슬픔도 아니었다.

기쁨. 기쁨의 눈물이다.

과거, 인류 중 누구도 순수 능력치 100에 달하는 마력을 채운 적이 없었다.

가장 높다고 알려진 그랜드 위저드 '가노우 료스케'가 겨우 97이었다.

95를 넘어가면 능력치 1의 차이는 더욱 극명해진다. 특히 마력을 올려주는 장비나 칭호는 거의 없다시피 했기에 무엇보다 간절했다.

그런데…… 닿을 방법이 생겼다.

'이번에야말로 극의를 본다.'

이번에야말로……

100을, 그 이상을 넘보리라.

그리고 이 방법이 보편적으로 알려지면 인류의 성장 속도가 훨씬 빨라질 것이다.

마력의 순환은 결국 신체와도 연관이 깊기 때문이다.

과거에서처럼 그저 절망으로 얼룩진 시간을 보내지 않아도 된다.

인간의 무한한 가능성을 펼쳐낼 때였다. 반격할 때였다.

꾸우우.

끼루욱.

내 감정을 느낀 이그닐과 이타콰가 눈물을 핥아줬다.

"고맙다. 정말…… 고맙다."

나는 양손을 들어 이그닐과 이타콰의 등을 천천히 쓸었다.

건질 건 다 건졌다.

이제는 정말로 돌아가야 할 시간이었다.

내 본신을 언제까지고 내팽개쳐 둘 순 없으므로.

"정말 또 잠에 드시는 겁니까?"

라이라가 걱정 가득한 표정을 지어 보였다.

이미 몇 차례나 말했지만, 막상 때가 되니 믿기 싫은 듯싶었다.

"아직 완벽하게 깨어난 건 아니다. 하지만 금방 다시 돌아올 것이다."

100년 동안 잠들어 있었다.

며칠 더 잠든다고 뭐가 달라지진 않을 것이다.

물론…… 만약의 상황을 대비해서 빨리 이타콰를 찾아야 했다. 이그닐과 이타콰는 공명하고 있었고, 문제가 생기면 바로 알 수 있을 테니.

실제로 몇 번 둘을 멀리 떨어뜨려 놓는 실험을 해봤는데 이그닐과 이타콰는 마치 옆에 있는 듯 서로를 인식하고 있었다. 주변 상황, 혹은 서로에게 문제가 생기면 즉시 알아차렸다.

"그럼 이타콰를 지구에 보내시겠다는 건……."

"초석이다. 기둥이 단단해야 더욱 높은 성을 짓는 법. 다른 데몬로드와 같은 길을 걸어선 절대로 이길 수 없다."

초석은 초석이었다. 내 성장을 위한 초석.

라이라가 이타콰를 바라봤다.

자신이 직접 이름을 지었기에, 라이라는 이그닐보다 이타콰를 더욱 애정 있게 다루고 있었다.

잡을 수만 있다면 잡아두고 싶다는 표정이 절절했다.

하지만 이제는 헤어질 시간이었다.

승리로 이어지는 길을 위해!

'공간의 보석은 꼭 챙겨야지.'

다른 곳에선 상관없지만, 이타콰나 쉐도우 카임을 지구에 마음대로 돌아다니게 할 수는 없었다. 편의를 위해서라도 공간의 보석에 넣어서 사용해야 했다.

이타콰는 워낙에 활동적이니, 공간의 보석을 쉐도우 카임에게 맡겼다.

보석 안에는 몇 가지 물약이 들어 있었다.

'암흑문.'

그리고 그간 벌어들인 포인트 중 1만 포인트를 사용해 암흑문을 구매했다.

그 순간 몇 가지 설명과 함께 내 앞으로 블랙홀과 같은 공간이 생겨났다.

[차원의 균열이 8.35%로 50% 미만입니다. 행성 '지구'와 '심연'이 직접 연결된 '문'을 생성할 수 없습니다.]

[한 차례 경유합니다. 암흑문 경유지의 좌표가 '나찰산 중턱 (2~???Lv)'으로 설정되었습니다.]

[지구의 무작위 장소에 문이 생성되었습니다.]

[5Lv 이하, 최대 5가지만 입장이 가능합니다.]

블랙홀 안쪽에서, 나찰산 중턱과 지구에 생긴 문 모두에 대한 이미지가 떠올랐다.

그곳을 보고 나는 인상을 찌푸렸다.

나찰산도 알고 있었고, 지구에 생긴 문의 위치도 눈에 익었다.

'어이가 없군.'

나찰산. 내가 '탈혼무정검'을 얻은 장소다.

그곳에서 스스로를 나찰이라고 부르던 노인이 죽어가기 직전에 내게 탈혼무정검의 검술서를 줬다. 무척이나 절박한 얼굴이었다.

아마도…… 인간과 비슷했지만, 인간은 아니었으리라.

반면에 지구에 생긴 문도 눈에 익었다.

'나찰산과 대전이라.'

무작위라더니 데몬로드마다 정해진 구역이 따로 있는 걸까?

우리엘 디아블로는 한국과 연결이 되어 있는 것 같았다. 이걸 지독한 악연이라고 해야 할지.

대전에도 문이 생겼다.

동물과 빙의를 할 줄 알았는데, 그렇진 않았다. 즉통으로 연결되는 문이 대전 한구석에 생성되었다. 아무래도 데몬로드가 만든 문은 빙의 형식으로 나타나지 않는 모양이었다.

또한 다행인 점이라면 나찰산 중턱은 그다지 위험한 장소가 아니라는 것.

이타콰가 충분히 버틸 수 있는 곳이었다.

쉐도우 카임이 도와준다면 훨씬 수월하리라.

'다시 만나자.'

이타콰는 내 감정을 느낀다. 머지않아 다시 만날 수 있음을 암시하자, 이타콰가 잠시 나를 쳐다보더니 쉐도우 카임과 함께 검은색 공간 안으로 들어갔다.

이어 라이라를 바라봤다.

"돌아오마."

"믿습니다."

라이라는 한 자, 한 자 끊어서 힘을 담아 답했다.

부담스러울 정도로 강렬한 눈빛이었지만 그만큼의 신뢰도 담겨 있었다.

이후 나는 다시 성좌에 앉았다.

크릉!

이그닐이 나를 지키듯 내 어깨 위에 앉았다.

포효하듯 콧김을 뿜는 모습이 퍽 인상적이었다. 이타콰와 달리 내성적인 녀석인 줄 알았는데 용은 용이라 이건가?

피식 웃으며 눈을 감자, 동시에 태풍이 몰아치듯 정신이
마구 흔들리기 시작했다.

['전이' 시간이 만료되었습니다.]

['귀환' 을 시작합니다.]

10장
나찰산

　귀환. 본래 있던 장소로 돌아간다는 의미다. 나의 주체, 나의 본신. 최후의 영웅이었으나 절망 끝에 회귀한 나……오한성의 몸으로.

　정신이 진탕되는 느낌. 0.1초, 어쩌면 그 이하의 찰나와 같은 순간에 나는 다시 안락함을 되찾을 수 있었다. 돌아왔다는 강렬한 확신이 들어 눈을 뜨자 이전과 달라진 배경과 온도가 나를 반겼다.

　흰색의 방. 새하얀 침대 위.

　하얀 커튼과 그 건너편을 비추는 작은 태양.

　'병원이로군.'

　팔등에 링겔을 꽂고 있었다. 온몸이 굳어버린 듯 뻐근했다. 하지만 눈동자만은 정확히 정면을 주시하고 있었다.

　달라진 것은 배경만이 아니다.

['우리엘 디아블로' 와의 영혼 동화율 69%를 달성했습니다.]

['칠흑의 손길(1Lv)' 스킬이 생성되었습니다.]

[압도적 존재와의 동화율 상승으로 인해 잠재력이 증가합니다.]

[4,000pt를 획득했습니다.]

[포인트가 연동됩니다. 남은 포인트는 17,470입니다.]

　동화율이 올라서일까. 우리엘 디아블로로 지낸 시간이 꿈보다 조금 더 생동감 있게 와닿았다. 이전과는 분명히 다른 기분이었다.

　게다가…… 스킬을 얻었다. 칠흑의 손길. 검은 공간과 죽음의 손들을 무한하게 소환하여 닿은 이의 생명을 빼앗는 잔악한 마법.

　심안과 지배자와는 달리 '칠흑의 손길'은 권능이 아니었다. 그렇기 때문인지 1Lv로 부여되었지만, 같은 레벨이라도 저마다의 '격'이 있는 법.

　그 부분을 유심히 쳐다보자 자동으로 설명이 떠올랐다.

〈칠흑의 손길(1Lv)〉

-종합 S랭크(최대 Lv × 2+마력)만큼의 효율을 갖습니다.

『심연 속 망자들의 혼을 소환한다. 죽음과 귀기 어린 그들의 손길은 닿는 것만으로도 모든 생명체의 정기를 빼앗아 갈 수 있다. 우리엘 디아블로가 죽인 자들의 혼이라는 소문이 있다.』

마력 효율이 무척이나 높았다.

스킬 레벨 곱하기 2의 효율에 마력의 손실 없이 스킬을 사용할 수 있다는 건 그야말로 '사기적'인 일이었다.

본래 거의 모든 공격형, 방어형, 치유형 등의 스킬은 사용하는 데 있어서 마력의 손실을 본다. 게다가 기껏해야 스킬 레벨만큼의 추가마력이 붙는 정도로 끝난다.

하지만 칠흑의 손길에는 그런 게 없었다.

'설마 이걸 얻을 줄이야……..'

'검은 별'을 얻었으면 더 없는 경사였겠지만, 솔직히 칠흑의 손길을 얻은 것만으로도 감지덕지였다.

인류에서도 종합 S랭크의 스킬을 가지고 있던 자는 손에 꼽았다. 일부러 숨기고 있는 자들이 소수 있을 수도 있지만 내가 알기로는 그랬다.

나부터가 S랭크 스킬을 가져본 적이 없었다. A랭크는 수없이 많았으나, 이 역시 '마검사'의 특성 때문이다. 빌어먹게도 마검사는 S랭크의 스킬을 익힐 수가 없다.

대신 그 이하의 스킬이라면 속성과 상관없이 익힐 수 있었다. 그래서 단점을 보완할 수 있었지만 그게 전부였다.

탈혼무정검도 무(無)등급 판정이 아니었다면 익히지 못했을 것이다.

그런데…….

'한 치 앞을 알 수가 없는 게 세상이라더니.'

그랬던 내가 S랭크의 스킬을 익히게 되었다. 이 역시 우리엘 디아블로의 것이었지만, 만약 내가 '천지인'이 아닌 '마검사' 클래스를 가지고 있었다면 어떻게 됐을까.

'익혀지지 않았겠지.'

확신할 수 있었다. 자동으로 랭크가 다운되거나, 아예 익히지 못하거나 둘 중 하나였을 것이다.

주먹을 강하게 쥐었다. 핏줄이 도드라졌다. 튄 핏줄이 빠르게 튀어 올랐다. 커다란 심장 소리가 귓가를 간질이는 듯했다.

나는 천천히 손을 들어 허공에 십(十)자 인을 그렸다.

[사용자 정보를 갱신합니다.]

이름: 오한성

직업: 천지인(天地人)

칭호:

- 놈 궤멸자(5Lv, 체력+7)

능력치:

힘 33 민첩 30 체력 36(29+7)

지능 25(20+5) 마력 44(39+5)

잠재력(151+17/461)

특이 사항: 우리엘 디아블로와의 영혼 동화율이 69%입니다. 요르문간드가 깨어났습니다.

스킬: 심안(9Lv), 지배자(9Lv), 전이(???), 탈혼무정검(6성), 냉혈(2Lv), 칠흑의 손길(1Lv)

착용 장비: 요르문간드(2Lv, 지능 마력+5)

요르문간드와 계약하고 강제로 각성해서 전장에 임한 탓인지 신체 능력치가 많이 상승해 있었다. 하지만 그 페널티로 얻었어야 할 '잠재력 −10'의 흔적이 보이지 않았다.

오히려 잠재력이 상승해 있었다.

'우리엘 디아블로와의 동화율이 올라갈수록 잠재력이 올라간다?'

이전에는 가설에 불과했다. 하지만 두 번 연속으로 겪었다. 덕분에 어느 정도 확신의 단계까지 왔다.

놈과의 동화율을 상승시키면 잠재력이 올라간다!

등골이 서늘했다. 전신에서 오한이 들며 몸이 한 차례 떨렸다.

동화율을 100%까지 채우면 잠재력도 놈과 같은 500에 도달할 수 있는 걸까?

만약 그렇다면, 이는 엄청난 일이었다. S랭크의 스킬을 얻은 것보다 더!

물론 잠재력이 높다고 그 능력치를 전부 채울 수 있다는 건 아니다. 그만큼 노력해야 하고 천운도 닿아야 한다. 마력의 경우가 그렇다. 하지만 그마저도 나는 방법을 찾았다.

한 번의 전이로 많은 걸 얻었다.

S랭크의 스킬, 보다 높아진 잠재력, 신체 개조의 방법까지.

그리고 곧 백룡 이타콰마저 내 손에 들어온다. 바로 나의 손에 말이다!

"흐음, 깨어났구나."

한 여인이 내 옆으로 생성되듯 나타났다.

파괴적인 아름다움. 뱀과 같이 끈적끈적한 눈빛.

요르문간드였다.

요르문간드는 배꼽이 살짝 보이는 하얀색 티셔츠와 톱 팬츠를 입고 있었다. 벌써 '적응 완료'라는 느낌을 풀풀 풍겨댔다.

"눈빛이 음흉하구나. 짐의 변신이 그토록 놀라운 것인가?"

"시간이 얼마나 지났지?"

"10일. 그대는 정확히 10일간 잠들어 있었다. 그동안 짐은 이 시대를 탐미했지. 그야말로 놀라움의 절정이었노라. 말이 끄는 마차 대신 '자동차'라 불리는 철제 마차가 뛰어다니는 것도 그렇고, 인간들이 하늘을 나는 물체를 만들어낼 줄은 생각조차 못 했다. 이카로스가 태양에 도전한 뒤 타 죽은 모습은 제법 재밌게 봤다만……."

요르문간드가 자신이 겪은 일들을 주저리주저리 늘어놨다.

대부분이 비슷했다. 놀라움의 절정, 믿기지 않는 시대상.

하지만 나는 심각한 표정을 지을 수밖에 없었다.

"잠깐. 시내에 나갔다고? 문제를 일으킨 건 아니겠지?"

"흥, 짐을 뭐로 보고. 너의 하녀를 잠시 부렸다."

하녀? 설마 시리아?

나는 떠올렸다. 그러고 보니 마지막에 부탁을 건넨 게 시리아였다.

"시리아가 보이지 않는데?"

"혼자 버려두고 왔으니 곧 도착할 것이다. 하여간 수컷들은 예나 지금이나 변한 게 없더군."

갑자기 '수컷'이란 단어가 나와서 고개를 갸웃했다.

이윽고 쿵! 소리와 함께 문이 닫히며 묘령의 여인이 방 안에 들어왔다.

"하, 한성 님. 깨어나셨군요. 후욱! 후욱!"

시리아가 거친 숨을 내몰아 쉬고 있었다. 흐트러진 옷매무새를 보면 급하게 뛰어온 모양이었다.

"몸은, 몸은 괜찮으신 건가요?"

"나보다 네가 더 안 괜찮아 보이는군."

"그건……."

시리아가 요르문간드를 잠시 노려봤다. 말 없고 감정 표현을 잘 안 하는 그녀치곤 색다른 모습이었다. 지난 십여 일 사이에 굉장히 시달린 것 같았다.

"시리아, 내가 잠들어 있던 동안 생긴 일들을 좀 정리해 줄 수 있나?"

동화의 영향인가?

말투가 조금 딱딱해졌음을 느꼈다.

하지만 이내 고개를 저었다. 이 둘의 앞에선 상관없었다.

병원도 1인실이었다. 민식이에게 병실을 빌릴 돈이 있을 리 만무했으니 시리아가 손을 쓴 듯했다.

시리아가 숨을 가다듬으며 입을 열었다.

"그 동굴에서 세 분을 구한 뒤 '문'까지 어떻게든 닿을 수 있었어요. 요르 님과 놀들이 도와준 덕분에요. 그리고 다행히 제 집사가 바로 병원을 잡아줘서 즉시 치료를 받을 수 있었죠."

집사라면 로이스일 것이다.

그는 최후까지 시리아의 곁을 지킨 한 사람이니까.

"셋은? 아직도 안 깨어난 건가?"

내 질문에 시리아가 고개를 저었다.

"5일 전에 회복이 끝났어요. 일어나자마자 바쁘게 움직이기 시작하더군요. 아, 걱정 마세요. 한성 님과 관련된 이야기는 하나도 하지 않았으니까요."

시리아는 내 비밀을 지키겠다고 약속했다. 이 비밀의 범주에는 내가 보인 다른 모습들 또한 포함이 되어 있었다.

크게 걱정하지도 않았다. 그녀는 믿을 수 있는 사람이다.

다만, 걸리는 게 한 가지 있었다.

"의심은 했을 텐데?"

"그래 봤자 인간 수컷들이지. 내 앞에서 말도 잘 못 꺼내는 한심한 종자들."

요르문간드였다.

그녀는 계속 인간의 모습을 유지하고 있었다.

민식이는 모르는 제삼자. 요르문간드가 나서서 대충 일을 무마시킨 듯했다.

이윽고 요르문간드가 다가와서 내 턱을 천천히 쓸었다.

"그나저나 그대여. 또 다른 '왕의 힘'의 기세가 더욱 강해졌도다. 더불어…… 꽤 괜찮은 녀석들과 계약한 듯싶은데.

후후, 기대되는구나. 그대의 강함은 나의 강함과도 같으니."

요르문간드는 내가 '심연'에 가서 '우리엘 디아블로'가 된 걸 모르고 있었다. 그저 막연하게 예측만 할 뿐이었다.

게다가 요르문간드마저 '괜찮다'고 칭할 정도면 이그닐과 이타콰가 확실히 대단한 종이긴 한 것 같았다. 그녀는 과거 세계를 휘감았던 존재였으니.

나는 요르문간드의 손을 쳐내곤 시리아에게 말했다.

"퇴원하고 싶군."

"검사 결과 문제는 없었으니 바로 퇴원이 가능할 거예요."

시리아가 문 옆에 둔 쇼핑백에서 옷가지 몇 개를 꺼냈다.

남자 옷이고 사이즈마저 나와 같았다.

나는 대충 갈아입고, 퇴원 수속을 밟았다. 아프지도 않은데 병원에 계속 있을 순 없는 노릇이었다.

"헐, 전생에 나라를 구했나?"

"우와…… 쩐다."

로비에 들어서자 모든 이의 시선이 쏠렸다.

내 양옆엔 시리아와 요르문간드가 서 있었다.

시리아는 청초하고, 요르문간드는 주변을 압도하는 아우라가 있었다.

원래 성녀라 불리는 조건에는 미(美)적인 부분이 분명히 존재했던 데다, 요르문간드는 인간이 아니니 사람들이 놀라는 게 이해는 됐다.

어쩌면 요르문간드가 '수컷' 운운했던 게 이런 일을 말하는 거였을지도 모르겠다.

'확실히 눈에 띄는군.'

자고로 미인은 가까이 두면 화를 부른다. 불변의 법칙이었다. 특히 세상이 아수라장이 된 뒤에는 지옥이 따로 없었다. 힘없는 자가 아름다움을 가지고 있는 건 그 자체만으로도 죄였다.

나는 머리를 벅벅 긁었다.

지금은 다르다. 아직 세상은 아수라장이 되지 않았다.

다만, 앞으로의 일에 대해선 고민을 할 수밖에 없었다.

내 행보는 나조차도 점칠 수 없다. 고행이고, 고난일 것이다.

'시리아는 민식이와 함께 다니는 게 맞다.'

내가 심어둔 정보원이 될 수도 있을 테고, 나랑 다니는 것보다 그쪽이 더 안전할 터였다. 한 번 위험을 겪었으니 이제는 보다 신중히 움직이리라.

'나찰산은 호락호락하지 않아.'

무엇보다 대전에 나찰산으로 향하는 문이 생겼다.

이타콰가 그 안에 있었다.

나찰산은 중턱까진 안전해도 올라갈수록 위험의 레벨이 급격히 상승한다. 심지어 나찰산 '정상'에 오른 사람은 한 명도 없었다.

올라도, 올라도 정상이 나오지 않는 산.

그곳이 나찰산이었다.

'이번에는 기필코…… 정상에 오른다.'

탈혼무정검을 얻었던 장소. 운명과 같은 끌어당김이 있었다. 이번에는 한번 정상까지 올라보겠노라고 다짐했다.

꼬르르륵!

다짐이 무색하게 배에서 천둥이 쳤다.

나는 고개를 내저으며 말했다.

"밥부터 먹어야겠군."

분식집을 찾았다.

김밥과 라면, 떡볶이를 먹으며 빈속을 달랬다.

그다음 커피를 한 잔 마시곤 머리를 밀었다.

"훌륭한 두상이로고."

요르문간드가 말했다.

에인션트 원의 제단을 찾으며 타버린 머리카락을 드디어 정리한 것이다.

시리아는 주변에서 안절부절못하고 있었고, 둘은 마치 태풍처럼 남녀 모두의 시선을 강탈하고 있었다.

나는 그 중심에서 여유롭게 무게를 잡는 중이었다.

'나쁘지 않네.'

어차피 머리는 금방 자란다. 나는 신체적으로도 빠르게 성장하는 중이었다. 불과 한두 달 사이에 3㎝는 큰 것 같았다.

민머리의 느낌도 나쁘지 않았다.

"어때?"

"시원해…… 보이네요."

시리아가 어렵게 입을 뗐다. 갑자기 내가 머리를 밀어버릴 줄은 상상도 하지 못한 모양이다.

자리에 앉아 거울을 바라보며 고개를 끄덕였다.

부디 뽀글이 파마가 아니라 정상적인 머리로 자라다오.

"손님, 저분 모델 맞죠? 들어보니 러시아어인 거 같은데 용케 말이 통하시네요."

그사이에 미용사가 호들갑을 떨었다.

나와 시리아는 서로 각성했기에 말이 통한다. 하지만 일반인들에게 시리아의 말은 러시아어 이상이 아니었다. 서로 의사소통을 하는 모습이 신기해 보였을 것이다.

"교환학생입니다."

"어쩐지! 그리고 저 과묵한 여성분, 여자인 제가 봐도 반할 거 같아요."

"눈썹 정리 좀 해주세요."

"아, 예. 잠시만요."

귀환을 마치고 반나절.

나는 동화의 영향에서 벗어났다.

우리엘 디아블로로서 행하던 말투가 다시 진정된 것이다.

"와, 눈썹 되게 진하시다."

"어딜 보고 말하는 겁니까?"

"예? 앗!"

미용사가 눈썹 정리기를 가져와서 눈썹을 다듬었다. 그러는 와중에도 계속해서 시리아와 요르문간드를 쳐다보고 있었다.

마치 사랑에 빠진 소녀처럼.

덕분에 자칫 잘못했으면 눈썹을 그대로 밀어버릴 뻔했다.

"제 눈썹에 집중해 주시죠."

"죄, 죄송합니다."

미용사가 땀을 삐질 흘리며 집중했다.

미용사의 잘못은 아니다.

다른 이들도 마찬가지였다. 모두가 정신없이 두 여인을 훔쳐보기 바빴다.

특히 요르문간드. 녀석은 사람들의 시선을 끄는 데 탁월했다. 내가 추측하기로 요르문간드는 인간에게 치명적으로 작용하는 '페로몬' 같은 걸 뿌리는 것 같았다.

쉽게 다가오는 사람은 없었지만, 요르문간드를 본 사람들은 남녀노소 할 것 없이 넋을 잃게 마련이었으니 정상적인 상황은 아니었다.

「속보입니다. 불과 며칠 사이에 서울 시내에서 작년 대비 20배에 달하는 실종 신고가 있었다고 합니다. 목격자들은 하나같이 특이한 동물의 시체와 이상한 구멍을 보았다고 증언하고 있으며……..」

분식집에서도, 커피숍에서도, 심지어 미용실에서마저 시끌벅적한 주제. 연달아 계속해서 속보가 터지고 있는 내용이었다.

"세상 참 흉흉해."

"실종돼서 돌아온 사람들이 초능력을 얻었다는 이야기도 있던데?"

"애들도 아니고. 그런 소문을 믿냐?"

"그러고 보니 초능력자 이야기는 몇 년 전부터 있지 않았던가? 동영상으로도 본 거 같아. 몇 시간 만에 삭제됐지만."

사람들이 웅성댔다.

세상은 아직 '문'의 존재를 모른다.

알고 있는 자는 그야말로 극소수.

대부분 정부에서 정보를 통제, 은폐하고 있었다. 다른 세계와 연결이 된다는 이야기를 곧이곧대로 사람들에게 공론화할 순 없으니까.

그나저나…….

'민식이 녀석이 제대로 움직이기 시작했군.'

갑작스럽게 실종 사건이 늘어났다. 내 기억과는 다른 일.

변수라면 민식이뿐이었다.

물론 어느 정도 예견은 하고 있었다.

민식이는 '빠른 진행'을 원했다. 빠르게 강해지고, 인류를 빠르게 각성시켜, 그들을 이끄는 진정한 '영웅'이 되고자 말이다.

그래서 모든 문을 열어젖히고 있었다.

대부분이 저급한 괴물밖에 없는 '하얀색 문'이겠으나 각성하는 데 문의 종류는 상관없었으므로.

'녀석이 안 했으면 내가 했겠지만, 그래도 지금은 너무 이르지 않나?'

나도 상당 부분은 동의하는 바였다.

각성의 시기를 당기는 것.

앞으로 2년은 지나야 '문'의 존재가 대두된다.

말인즉, 과거 인류는 2년이란 시간을 낭비했다는 의미다.

그 시간을 당긴다. 하지만 나의 경우엔 어느 정도 기반을 잡고 하려고 했다.

그래야만 어지간한 변수를 직접 컨트롤할 수 있기 때문이다.

민식이는 그마저도 배제한 듯싶었다. 아니면 자신이 다 통제할 수 있다는 자신감의 발로일 수도 있고.

"경복궁 쪽은 아예 경찰들이 통제하고 있다더라. 그쪽에 무슨 일이 생겼나 봐."

"나 그거 알아. 그거 그거지? 보라색 블랙홀이 나타났다는 소문!"

보라색 블랙홀?

나는 눈썹 정리 도중 자리에서 일어났다.

미용사가 깜짝 놀라 뒤로 물러섬과 동시에 나는 두 소녀에게 다가갔다.

근처 고등학교 교복을 입은 학생들이었다. 양은하. 양씨 아저씨네 딸이 저 학교를 다니는 탓에 잘 알고 있었다.

"학생들, 그 이야기 좀 제대로 들을 수 있을까?"

"뭘요?"

앞에 있던 당차 보이는 소녀 하나가 답했다.

나는 담담하게 입을 열었다.

"보라색 블랙홀."

"별거 없어요. 경복궁에 웬 이상한 구멍이 나타나서 경찰들이 틀어막고 있대요. 그런데 아저씨, 저 언니랑 사진 한 장만 같이 찍으면 안 돼요?"

"내가 어딜 봐서 아저씨야?"

"생긴 건 오빠인데 대머리 오빠는 처음 봐서요. 그리고 오빠는 학생들이란 표현 안 쓰거든요?"

한 방 거하게 얻어맞은 것 같았다.

아무리 신경 쓰고 말투를 조정해도 티가 나는 듯싶었다.

내가 잠시 할 말을 잊고 가만히 있자 여학생이 계속해서 말했다.

"저렇게 예쁘고 멋있는 언니는 진짜 본 적이 없어서 그래요. 사진 한 장만 같이 찍으면 안 될까요? 아저씨가, 아니, 오빠가 부탁 좀 해주세요. 제가 갔다가 거절당하면 심장이 멈춰 버릴 것 같아요. 애들한테 자랑하게요. 예?"

"흠…… 좋아. 그럼 그 블랙홀에 대해 더 자세하게 말해주면 찍게 해줄게."

그러자 소녀의 눈빛이 달라졌다. 굶주린 하이에나와 같은 눈빛으로 마치 속사포처럼 말을 쏟아내기 시작한 것이다.

"저도 들은 건데요. 살인 사건이라는 소문도 있지만 사실은 블랙홀이래요. 몇백 명이나 되는 경찰이 동원됐는데 뉴스하나 없는 거 보면 알겠죠? 숫자 같은 게 적힌 보라색 블랙홀이 경복궁에 생겼다나 봐요. 이미 수십 명은 그 안으로 빨려 들어갔다고 하더라고요."

보라색 문.

이름 있는 '고유의, 태고의 괴물'들이 기거하는 장소.

간혹 '거짓된 신'의 이름을 가진 놈들이 나오기도 했다.

하지만 보라색의 문은 정해진 시간이 아니면 열리지 않는다. 사람들이 빨려 들어갔다는 건, 반쯤 문이 열렸다는 것이다.

'강제로 열었다?'

방법이 없는 건 아니다. 그 정해진 시간을 줄일 수 있는 방법이 있었다.

계속해서 문과 '빙의'된 동물을 죽이면 된다. 네 번에서 다섯 번쯤 반복하면 특정 장소에 형상이 고정되는데, 그것이 지금 말하는 블랙홀이었다. 사람들이 그 블랙홀 안으로 많이 들어가면 들어갈수록 시간이 단축된다.

그래서 보라색 문은 신중하게 다뤄야 한다. 해방 직전의 괴물을 제거하기 위해 선별하고 또 선별하여 정예만 들여보내는 이유였다. 그 전까진 철저하게 내용물을 통제한다. 누구도 들어갈 수 없도록.

나는 턱을 쓸었다. 곧이어 떠오르는 이름이 있었다.

'경복궁과 보라색 문…… 좀비킹 아크시즈의 땅굴!'

좀비킹 아크시즈!

5Lv로 측정된 괴물이지만 앞으로 2년 뒤의 혼돈 속에서 나와야 할 놈이었다.

천여 마리의 좀비를 다루며, 하나하나가 수제다. 직접 좀비를 만들 수 있을 정도로 지능이 있었다.

당시 많은 사람이 놈에 의해 잡혀가선 좀비화가 됐다.

설마 그 문을 열려는 건가?

"그 묘한 놈이 너의 하녀에게 남긴 말이 있도다. 그게 걸리는군."

어느새 요르문간드가 다가왔다. 그녀가 나를 따라 하듯 턱을 쓸며 말하자, 시리아가 부연 설명을 하였다.

"어제 저한테 연락이 왔어요. 조만간 들어가야 할 '문'이 있다고요. 이미 중국인 남매들은 들어가 있다고 그랬어요."

"다르한의 검……."

"예?"

"아니다."

대충 얼버무렸다.

민식이가 무엇을 하려고 하는지 알 것 같았다.

'다르한의 검을 구하려고 그러는구나.'

좀비킹 아크시즈의 심장에 꽂혀 있는 것.

다르한의 검 외엔 다른 이유가 없었다.

마력을 1 올려주는 것 외에 능력치적인 보너스는 없다. 그러나 거기에 새겨진 '월광(月光)'은 A랭크의 공격 스킬이었다.

칠흑의 손길을 얻은 시점에서 내겐 그다지 필요 없는 스킬이지만, 인류의 기준으로 A랭크의 스킬은 상위 1%만이 가질 수 있는 귀한 것이었다.

그나마 공략하기 쉽고 보상이 좋은 괴물이 아크시즈였다.

겸사겸사…… 함께 들어간 사람들을 구하고 키워내겠다는 뜻일 터.

의도를 알겠다.

'조급해졌군.'

놀 샤먼을 만난 뒤 산 채로 잡힌 게 여간 자존심에 금이 간 듯싶었다.

그래서 본격적으로 일을 벌이는 중이었다. 보다 빠르게 강해지고자.

그나마 다행인 점이라면 아크시즈 정도는 공략하는 방법만 알면 그다지 어려운 적은 아니라는 것이다. 놀 샤먼보단 훨씬 쉬웠다.

"민식이 그 녀석과 함께 가라."

"제가 말인가요?"

시리아가 고개를 갸웃했다.

나를 따라다니는 걸 당연하게 생각하고 있었던 듯싶었다.

하지만 나찰산은 좀비킹 아크시즈의 땅굴 따위보다 훨씬

위험한 곳이었다.

그곳엔 공략법도 없다. 함께 다니긴 위험하다.

"몇 가지 충고를 해주지. 내가 하는 충고만 지키면 사람들이 죽는 걸 최소화할 수는 있을 거다."

"한성 님은…… 함께 안 가시나요?"

"나는 따로 해야 할 일이 있다."

이타콰를 얻고 나찰산을 오르는 것!

다르한의 검을 얻는 것보다 훨씬, 비교조차 안 될 정도로 값진 일이었다.

대신 그만큼 어렵다. 마음의 준비를 단단히 해야 한다.

"저기요. 되게 무거운 이야기하는 거 같은 분위기인 건 알겠는데요. 약속은 지키시죠?"

가만히 듣고 있던 고등학생 소녀가 내 등을 콕콕 찔렀다.

당돌한 소녀였다. 양은하도 당돌하기로는 둘째가라면 서러울 정도였는데 이 정도면 쌍벽을 이룰 것 같았다.

내가 요르문간드에게 시선을 주자, 그녀가 자신의 혓바닥으로 입술을 핥았다.

"작은 인간 소녀는 제법 풍미가 있지."

"먹지 마라."

나는 계산을 마친 뒤 머릿속을 정리하며 바깥으로 나왔다.

─미안, 미안하다. 한성아. 정말 미안하다는 말밖에 할 말이 없다.

선글라스를 쓴 채 집으로 향하며 전화를 걸자 민식이가 내게 남긴 말이었다.

녀석은 밑도 끝도 없이 사과만 했다. 자신이 부족했다고. 다시는 그런 일 없을 거라고. 미안하다고.

내가 굳이 변명을 해가며 '함께하기 싫다'는 뜻을 내비칠 필요도 없었다.

─내가 잘못 생각했어. 너를 끌어들이는 건 더 신중했어야 했는데. 그러니까, 만나는 건 나중에…… 내가 더 당당해지면 데리러 갈게. 생각보다 일이 복잡해지기도 했고.

"무슨 일인데 그래?"

─앞으로 많은 변화가 일어날 거야. 나는 그 변화가 최대한 긍정적인 방향으로 흐르도록 조정해야 돼.

변화는 벌써 시작됐다.

추정하기로, 적어도 수백 명은 각성했을 터였다.

부랴부랴 한국 정부가 나서서 막고는 있지만 소문의 확산마저 어찌할 수는 없었다.

그들이 힘을 내보이게 되거든 '각성자'와 '문'의 존재가 순식간에 수면 위로 드러나게 될 것이다.

내가 할 일을 민식이가 해줘서 다행이긴 했으나, 덕분에 나도 속도를 더 올려야 하게 생겼다.

─그리고 한성아. 그 '요르'라는 여자, 조심해. 시리아랑 안면이 있는 각성자인 거 같은데 정을 빼먹는 스킬을 가졌을 확률이 높아. 너를 노리는 기색이었어.

"내 정기를 빼먹는다고?"

─그냥 가까이만 하지 않으면 돼. 다행히 큰 힘은 없어 보였으니까. 그럼, 끊는다. 잘 있어.

"야, 잠깐, 야!"

뚝! 소리와 함께 전화가 끊겼다.

수화기를 통해 계속해서 바람 소리가 나는 걸 보면 쉴 새 없이 움직이고 있는 것 같았다.

자괴감도 느껴졌다. 여유가 없는 목소리.

저런 상태여서 시리아와 요르문간드의 변명 아닌 변명이 먹힌 모양이었다. 나를 의심하지 않는 건지, 않으려고 하는 건지는 모르겠지만, 자신의 '실패'가 녀석에겐 보다 더 심장을 찌르는 비수로 남은 것 같았다.

'나도 여유를 부릴 입장이 아니군.'

민식이가 하고자 하는 게 뭔지는 알겠다.

나도 대부분은 그 의도에 찬성하는 편이었다.

인류의 빠른 각성, 영웅의 대두, 질서정연한 무리의 생성.

그 과정에서 괴물들의 역할이 중요하다는 것 역시 이해하고 있었다. 진정으로 위협을 느껴야만 움직이는 게 우리나라 정부인 탓이다.

민식이가 안 했다면 나찰산을 오른 뒤 내가 했을 것이었다.

문제는······.

'초기에 무작위로 각성을 시키는 게 과연 올바른 선택일까?'

시작부터 너무 많은 사람이 각성해 버렸다.

서울에서만 족히 수백 명.

빠른 성장이 가능하다는 장점도 있지만, 그것도 판이 짜인 다음에다. 분명히 부작용도 잉태할 터였다.

그 순간이었다. 한 남자가 내 앞을 막아섰다.

"하, 부러운 대머리 새끼! 양옆에 꽃이 따로 없네."

예컨대······.

이런 놈.

남녀노소 시리아와 요르문간드를 바라보지만, 다가오진 못한다.

이는 요르문간드가 가진 특유의 기질 때문이다.

약한 자는 다가오지 못하고, 반대로 어느 정도 '기준'을 넘은 사람은 이렇게 다가올 수 있었다.

검은 모자를 푹 눌러쓴 남자.

잔뜩 충혈된 눈. 노란 이빨을 드러내며 나를 향해 웃는, 척 보기에도 정상은 아닌 사람.

몇 시간 전부터 누군가가 따라붙는 기색이 있긴 했다. 설마 사람 많은 공원 한복판에서 나타날 줄은 몰랐지만.

'각성자로군.'

개나 소나 각성하면 자기 힘을 주체하지 못해 '잘못된 길'로 빠지는 사람들이 나올 수도 있었다.

내 눈앞의 남자 역시도 그중 하나인 듯했다.

나는 심안을 열었다.

동시에 남자의 정보가 떠올랐다.

이름: 구민준(value-370)

직업: 재생자

칭호: 없음

능력치:

힘 14d 민첩 11d 체력 19c

지능 10f 마력 8f

잠재력(62/235)

특이 사항: 정신 이상

스킬: 재생력(1Lv)

이걸 무어라 말해야 할까.

'형편없다.'

재생자라는 특이한 직업. 하지만 그뿐이었다. 이제 막 각
성하여 직업마저 얻었다지만 잠재력과 성장 가능성이 한없
이 낮았다.

평균에도 미치지 못했다.

'건장한 성인 남자의 평균 신체 능력치는 10.'

말하자면 건장한 성인 남자보다 1.5배 정도 신체 능력이
우월한 게 전부였다. 물론 그것만으로도 어지간한 운동선수
못지않은 성능을 발휘할 순 있었다.

건들거리는 태도와 광기마저 느껴지는 미소. 자신을 다른
이들과 달리 '특별하다'고 생각하는 것 같았다.

나는 이런 자들을 많이 봐왔다.

"X발, 세상 불공평해. 누구는 뭣 빠지게 벌어봐야 노가다
일당 10만 원이고, 누구는 유유자적 양옆에 여자나 두면서
걱정 없이 살아가는 게 말이야."

"헛소리 말고 꺼지세요."

시라아가 나섰다. 나에게는 사근사근한 편이었지만 그녀
도 입담 하나는 지지 않았다.

하지만 그 행동이 남자의 화를 더 돋운 듯싶었다.

"뭐야, 마마보이였어? 여자들이 지켜줘서 부럽네. 고추 떼

라, 이 등신……."

뻐걱! 소리와 함께 남자의 목이 돌아갔다.

시리아가 주먹을 날려 턱을 때린 것이다.

그녀는 실제로도 격투 마니아였다. 프로에게 직접 코치를 받을 정도로 꽤 많은 관심을 가지고 있었다.

"처음 보는 사람한테 못하는 말이 없군요. 당신처럼 매너 없는 남자, 능력이 있어도 제 쪽에서 사절입니다."

시리아가 주먹을 털어내며 질겁했다.

생긴 거랑 달리 화끈한 성격인 건 여전했다.

평범한 사람이었다면 이 한 방에 쓰러졌을 것이다.

하지만 이내 남자의 목이 다시 원래 자리로 돌아왔다. 재생자 스킬이 발동한 것이다.

"미친년이…… 지금 때렸어? 날 때렸어?"

남자에게선 알코올 냄새가 진득하게 풍겼다. 스스로를 절제하지 못하고, 억눌려 있던 스트레스를 표출하려 하고 있었다.

이윽고 남자가 품에서 피 묻은 단검을 꺼냈다.

피와 털이 뒤섞인 단검. 그 흔적은 분명히 작은 동물들의 것이었다.

학대와 학살의 흔적들. 그 흥미가 인간으로 넘어오기 전의 단계다.

"봐봐. 칼 꺼냈어."

"마, 말려야 되는 거 아니야?"

"우리가 무슨 수로? 누가 경찰에 신고했겠지."

주변이 금세 소란으로 물들었다.

그리고 그 순간.

"꺄아아악!"

남자가 단검을 휘두르며 움직이자, 누군가가 비명을 질렀다.

뻐억!

"꺽!"

동시에 남자가 바닥을 나뒹굴었다.

손을 풀며 앞으로 나섰다.

나는 기본적으로 사람이 사람을 위협하는 걸 그다지 반기지 않는다.

과거 내분으로 사라진 국가가 많았다.

인류가 힘을 합쳐도 부족한 시기에 서로 반목이라니. 배가 처부르지 않고서는 있을 수 없는 발상이다. 하여 내 눈앞에서 그런 일이 벌어지거든, 나는 딱 한 가지만 한다.

"이 색…… 쿠엑!"

단검을 들자마자 그 손을 쳐냈다. 남자는 자신의 주먹에 얼굴을 얻어맞곤 개구리처럼 쓰러졌다.

쌍코피를 줄줄 흘리며 남자가 다시 일어났고, 격식 없이 단검을 휘둘러대며 내 몸을 찌르려고 들었다.

뻐걱!

"크아아아아악!"

남자가 몸을 앞으로 당기는 그 순간, 그대로 팔꿈치를 때렸다. 단검을 든 팔꿈치가 꺾일 수 없는 방향으로 꺾여 나갔다. 자연스럽게 단검을 떨어뜨렸지만 여기서 그만둘 순 없는 노릇이다.

이런 자는 힘을 얻으면 더욱 많은 사람을 죽인다. 과거에는 그런 사람마저 어떻게든 품어보려 하던 때가 있었으나, 다 부질없는 짓이라는 걸 깨달았다.

내가 하는 딱 한 가지.

다시는 그런 마음이 들지 않도록 만드는 것.

한마디로, 미친개에겐 몽둥이가 약이었다.

"너는 넘어선 안 될 선을 넘었다."

세상은 불공평하다. 흔히 말하는 '수저론'이 왜 생겼겠나. 이는 각성자들 기준에도 적용되는 말이었다. 잠재력, 성장 가능성 등은 태생적으로 정해진 경우가 대부분이었기 때문이다.

누군가는 나를 보며 부러워할 것이다. 원망할 수도 있었다. 압도적인 가능성과 기억들을 가졌으니 마음대로 살 수 있지 않냐고.

그러나 힘에는 책임이 따른다.

힘 있는 자들이 책임을 회피할 경우 모든 건 파국으로 치닫는다. 나는 그런 꼴을 수없이 두 눈으로 봐왔다.

또한 힘이 있다고 하여, 없다고 하여, 서로가 지켜야 할 '선'이 다른 것도 아니다.

지금 이 남자는 그 선을 넘었다.

퍼억! 꽈득!

압도적인 폭력의 행사장이었다. 피가 튀고 뼈가 나갔다. 남자의 얼굴이 피떡이 되는 데 소요되는 시간은 무척 짧았다.

군부 집안에 몸담았던 시리아마저 눈살을 찌푸릴 정도였으니.

"제, 제바알…… 사려, 사려주십시오."

남자가 양손을 모아서 빌었다. 개처럼 기며 바짓가랑이를 붙잡았다.

이빨이 몇 개 나가서 발음이 샜다.

회복이 되더라도 능력자로서의 성장은 기대하기 힘들리라.

누군가는 이 장면을 보고 말할 것이다. 너무 심한 거 아니냐고.

하지만 내가 힘이 없다면 반대로 죽었을 터였다. 그리고 피 맛을 본 남자는 더 많은 인명을 해칠 수도 있었다. 인류를 구할 더 많은 가능성이 이 남자 하나로 사라질 수도 있었음이다.

남자는 오열하며 목숨을 구걸했다.

나는 그의 머리를 쥐었다.

"역으로 당하는 기분이 어떻지?"

"사, 사려, 살려…….."

[상대가 완전히 굴복했습니다. 지금이라면 20%의 가격인 74pt에 남자를 지배할 수 있습니다.]

눈살을 찌푸렸다. 동시에 '냉혈'이 발동하며 마음이 차게 식었다.

남자는 정신적으로 완전히 굴복한 상태였다. 하지만 이런 자를 지배하는 데 들어가는 74포인트가 아까웠다.

나는 남자의 귀에 대고 말했다.

"여태껏 죽인 작은 짐승들로 족해야 할 것이다. 구민준, 너에 대한 미세한 소식이라도 들려오거든…… 차라리 죽여 달라고 비명을 지르게 만들어줄 테니."

부르르르!

남자가 몸을 사시나무처럼 떨어댔다. 처음 보는 이가 자신의 이름을 알고 있다.

남자가 나를 공포와 경악 가득한 눈초리로 바라봤다.

그러고는 침을 꿀꺽 삼키며 고개를 미친 듯이 끄덕였다.

나는 상반신을 꼿꼿이 폈다. 곧이어 주변의 시선이 느껴졌다.

모두 잔뜩 굳어 있었다. 숨소리마저 안 들릴 정도로 조용한 걸 보면 그만큼 지금 보인 광경에 압도되었다는 뜻일 터.

'너무 흥분했군.'

딱히 이능을 발휘한 것도 아니고, 선글라스를 착용하고 있어서 그나마 다행이다.

나는 천천히 발을 움직여 자리에서 벗어났다.

인터넷에 동영상이나 사진 따위가 퍼져 나가는 경우를 약간 우려하긴 했지만, 불과 하루 만에 괜한 기우였음이 밝혀졌다.

그 사건 정도는 가볍게 묻힐 사안들이 인터넷 곳곳에 도배되고 있었다.

−불을 뿜는 남자.

−감쪽같이 털린 은행. 투명인간의 소행!

-100m 세계 신기록, 깨졌다.

-스스로를 '정의 구현단'이라 밝힌 능력자들. 악과 맞서다.

-한계를 벗어난 사람들. 그들은 누구인가?

-세계에서 주목받는 한국의 현 상황.

불과 며칠 사이에 생긴 일이었다. 올리는 즉시 수십만, 수백만 뷰를 돌파하는 동영상이 차고 흘렀다. 계속 삭제했지만 더는 막을 수 없는 지경에 이르렀다.

'조만간 정부 쪽에서 발표를 할 것이다.'

이 흐름은 막을 수 없다. 갑작스럽게 힘을 얻은 자들이 그 힘을 내보이며 혼란을 만들고 있었다.

다행히 몇몇 자정 효과가 작용했고, 아직은 현대 무기를 넘어설 정도로 강력한 인간이 없어서 하나둘 체포가 되어가고 있었지만, 그럼에도 이미 너무 많은 사람이 알게 됐다.

그저 '소문'이라 치부하기엔 눈으로 목격한 이가 한둘이 아니다.

공식 발표가 있을 것이다.

한국이 '문'의 세계 최초로 존재를 인정하는 사례가 될지도 모르겠다.

아마 그 사이에서 민식이가 힘을 쓸 테지. 녀석은 최초로 인정받는 각성자이고 선두 주자가 될 준비를 하고 있었으므로.

'변혁.'

대변혁의 시작이었다.

'오히려 잘됐다.'

이런 빠른 시작이 가져다주는 긍정적인 측면도 있었다.

아주 초창기에 '싹'이 보이는 자들을 격리시킬 수 있다는 점.

난리를 친 덕분에 세계의 이목이 한국으로 쏠리게 됐다. 한국과 민식이의 주도하에 오히려 더 체계적으로 일을 진행시킬 가능성이 높아졌다는 뜻이다.

그리되면 내 행동반경도 조금은 넓어질 것이었다. 모든 시선이 민식이에게 향하거든 내가 이면에서 움직이기에 딱 좋은 환경이 조성되기 때문이다.

게다가…… 녀석은 아무런 생각도 없던 게 아니었다.

'설마 정치, 재계 쪽 인사들을 문으로 끌어들일 줄이야.'

과격했지만, 덕분에 아주 난리가 났다.

민식이는 좀비킹을 사냥하며 그들에게 현실을 보여줄 생각인 것 같았다. 더불어 자신의 존재감을 어필하고 그들이 자신을 돕도록 만들 셈일 터.

그 정도까지 계획을 하고 있었다면, 크게 걱정은 하지 않아도 될 듯했다.

"일이 생각보다 재밌게 돌아가는 것 같구나? 네 웃음이 매우 음흉해 보인다."

바로 옆에서 요르문간드가 말했다.

고개를 주억거렸다.

"녀석이 한 일이 제법 긍정적인 방향으로 흐를 수도 있을 것 같아서."

"녀석이라면 그 맹한 남자 말이냐? 짐을 보고 말 한마디 제대로 못 하던 그 한심한 놈?"

민식이가 깨어나고 요르문간드를 보면서 어버버거렸다고 했다. 하지만 요르문간드의 폭발적인 아름다움 앞에서 어지간한 남자는 다 그럴 것이었다.

'얕잡아 보고 있었던 건가?'

물론 수습하는 과정을 봐야 정확한 판단이 가능하겠지만, 일단 큰 그림의 밑 배경은 모두 그려둔 듯싶었다.

고작 며칠 사이에 그것을 계획하고 실행했다. 굉장한 행동력이었다. 너무 빠르지 않나 싶었지만, 이만한 파급력은 줘야 위쪽에서 위험을 감지하고 움직인다.

거기에 정, 재계 쪽 인물들까지 끌어들였으니…….

물론 만약의 사태를 대비해서 시리아에게 몇 가지 충고를 해뒀다. 어련히 잘 해결할 것이다.

'내가 뒤처질 순 없지.'

준비는 끝났다.

나는 크게 심호흡하며 몸을 돌렸다.

그곳엔 작은 수술실이 있었다.

하얀 침대와 온갖 수술 기구.

그리고 한 남자가 수술복을 입은 채 마스크와 장갑을 끼고 있었다.

"그보다 대체 무엇을 할 셈이냐? 여기는 또 다른 병원인 듯싶은데."

"신체 개조."

정확하게 말하자면 마력의 순환력을 높이는 작업이었다.

하지만 그러려면 머리에 구멍을 내야 한다. 머리를 깎은 이유 중에 하나였다.

이를 위해 외과 수술로 권위 있는 의사를 '지배'하였다. 무려 7,000포인트나 들어갔다.

나는 환자복을 입은 상태로 침대에 몸을 뉘었다.

"정말 마취 없이 합니까?"

"예."

"고통이 너무 커서 쇼크사할지도 모릅니다."

"괜찮으니 그대로 진행해 주십시오."

막힌 백회혈을 뚫는 작업이었다. 그와 동시에 마력을 방출하여 나선으로 무한하게 꼬아야 했다. 잠든 상태로는 결코 할 수 없었다. 감각을 마비시켜서도 안 된다. 그만큼 섬세하기 짝이 없는 일이었으니.

우리엘 디아블로의 신체 내부를 살피고 겨우 찾은 길.

'한계를, 극복한다.'

이를 악물었다.

의사가 메스를 쥐었다. 그와 동시에, 수술이 시작됐다.

시리아는 긴장하며 주변을 둘러봤다.

경복궁에 위치한 '문'은 하나가 아니었다. 빙의된 짐승이 죽으며 남긴 문 하나가 아직 사라지지 않고 있었다. 그 문을 통해 들어오자 50명 남짓의 사람들이 보였다.

남녀가 20대에서 최대 60대까지 자리하고 있었는데, 그들은 불안에 떨고 있었다.

"여기가 대체 어디냐고!"

"내보내 줘! 언제까지 이곳에 있어야 해?"

"하지만 밖엔…… 좀비가 있잖아."

"주, 죽을 거야. 다 죽을 거라고."

횃불 몇 개로 밝혀진 어두운 동굴 속.

사람들은 저마다가 가진 공포를 숨기지 않았다.

벌써 며칠이 지났지만 동굴을 벗어날 수가 없었다.

나간 사람은 모두 죽었다. 한번은 좀비가 들어온 적이 있었는데, 중국인 남매가 아니었다면 모두 도망치다가 죽었을 것이다.

"저 중국인들은 뭔가를 알지 않을까?"

"계속 기다리라고만 하잖아."

"이봐요! 뭘 알고 있는 거 같은데 이제 좀 속 시원하게 말 좀 해주세요!"

린린과 샤오팅은 동굴의 입구에서 묵묵히 서 있었다.

이윽고 누군가가 그 입구를 통해 걸어 들어왔다.

툭!

좀비의 머리 몇 개가 바닥을 나뒹굴었다.

저마다 항의하던 사람들이 입을 꾹 닫았다.

전신에 피를 묻힌 남자가 처음으로 모습을 드러낸 것이다.

남자를 향해 린린과 샤오팅이 얕게 고개를 숙였다.

"다행히 안 죽고 모여 있군."

남자는 민식이었다.

민식은 검에 묻은 피를 털어내곤, 이어서 말했다.

"여기엔 내가 초대한 사람들도 있을 것이고, 그렇지 않은 사람들도 있을 것이다. 너희들에게 해줄 말은 하나뿐이다. 살고 싶다면 내 말을 따라라. 좀비킹 아크시즈는 호락호락한 녀석이 아니니까."

"잠깐! 네가 나를 경복궁으로 부른 거냐? 대, 대체 나밖에 모르는 '비밀'을 네놈이 어떻게 알고 있는 거지?"

한 남자가 나섰다. 3선 의원이었다. 정치에 잔뼈가 굵은 그가 경복궁으로 향할 수밖에 없었던 이유는 모두 민식 때문이었다.

그뿐이 아니었다. 10대 그룹에 들어가는 회장의 아들, 나는 새도 떨어뜨린다는 유명한 검찰 등도 포함되어 있었다. 그 숫자가 많지는 않았지만 하나하나 파급력이 큰 자들이었다.

민식이 피식 웃었다.

"비밀? 너무 많아서 뭔지도 모르겠군. 부정부패도 정도가 있어야지. 아…… 아니면 그거 때문인가? 직접 삼촌을 살해……."

"그만! 내, 내가 누군 줄 알고 그따위 망발을 하는 거냐!"

"하긴, 여기선 그런 게 문제가 되지 않지."

민식은 어깨를 으쓱하며 검을 어깨 위로 올렸다.

"이곳에서 살아 나가려면 우리는 '결속'해야 한다. 그리하여 '좀비킹 아크시즈'를 죽여야 한다. 내 말을 따르고, 결코 토를 달지 마라. 도태된 자들은 버릴 것이며, 성과에 따라서 먹을 걸 분배하겠다. 우리도 넉넉하진 않아서 말이야."

"대체 이곳은 뭐죠? 저 좀비 같은 것들은 뭐고요?"

젊은 남자가 묻자 민식이 대수롭지 않다는 듯 말했다.

"지구를 침략할 예정의 괴물들이다. 놈들은 인정사정없이 인간의 목을 물고 내장을 뜯어내지. 너희들이 '각성'한 건 바로 저 괴물들로부터 지구를, 인류를 지키기 위함이다."

"설마 정말로 초능력자가 되었다고? 그냥 소문이 아니었단 말입니까?"

민식은 고개를 끄덕이며 이어서 입을 열었다.

"너희는 운이 좋다. 내 말만 잘 따르면 직업과 스킬을 얻고 진짜 초능력자가 될 수도 있을 테니."

모두가 꿀 먹은 벙어리가 됐다.

민식은 함박웃음을 지으며 말했다.

"지옥의 예행 연습장에 온 것을 환영한다."

고통이 밀려들어 왔다. 마취 없이 생살을 잘라내고 뼈를 가르는 수술이다. 잠시라도 정신을 놓았다간 그대로 졸도해 버릴 것만 같았다.

하지만 나는 고통에 제법 익숙한 편이었다. 이를 악물며 신체가 흔들리지 않게끔 만들었다.

이내 정수리가 뚫리며 백회혈(百會穴)을 자극했다. 그곳에 본래는 없어야 할 통로를 인위적으로 만드는 게 이번 수술의 목적이었다. 중단전과 상단전을 개봉하여 마력의 활용 능력을 다른 사람들보다 수십 배 끌어올릴 준비 말이다.

'집중. 집중해야 한다.'

하지만 고통을 인내하며 신체 내부의 마력을 꽈배기처럼 잇는 건 무척이나 힘든 일이었다. 범인이라면 뼈를 절개하는 순간 졸도했을 것이고, 설령 참아내더라도 머리가 새하얗게 물들었을 것이었다.

하지만 해야 한다. 기회는 한 번뿐이었다.

억지로 연 통로는 시간이 지날수록 닫혀갈 것이었기에.

다시 열리리란 보장도 없었다.

그러나 통로가 열린 그 순간 확실히 마력의 순환이 빨라진 기분은 있었다.

나는 하단전에 쌓인 마력을 꼬고, 꼬고, 또 꼬았다. 마치 수타면을 치는 기분이었다. 때리고, 또 때릴수록 나선형의 마력들이 늘어났다.

거미줄처럼 엮인 나선형의 마력이 하단전을 뒤흔들었다. 백회혈의 통로가 열림과 동시에 활발해진 마력들이 하단전을 내리누르자, 놀랍게도 그곳 역시 '길'이 생겼다.

'하단전은 그저 마력이 머물러 가는 장소다.'

진정한 마력의 활용은 중단전과 상단전의 연계에서 시작된다. 나는 그 구조에 대한 깨달음을 얻을 수 있었다.

인간의 상단전은 태어날 때 잠시 열렸다가, 굉장히 빠른 속도로 닫혀 버린다.

그리하여 마력이 빠져나갈 구멍이 생기지 않게 되는 것이다. 결국 하단전으로 내려간 마력이 그곳에서 정체하게 된다.

하지만 백회혈을 자극하여 통로를 열면 닫혔던 구멍이 '아주 약간' 벌어진다. 얇게 저민 마력만을 그 구멍으로 보낼 수 있었다. 그리고 내보낸 마력이 정착할 수 있도록 나선형으로 꼬아버린 마력을 심장과 뇌에 묶어야 했다.

굉장한 섬세함이 필요한 작업.

전신에서 땀이 비처럼 흘러내렸다.

'데몬로드의 구조를 보고 파악했다. 나선형의 마력을 족히 수십만 갈래로 묶어놨지. 그들의 마력이 한계에까지 도달할 수 있었던 이유다.'

강해지고 싶다. 과거보다 더욱. 그리하려면 바뀌어야 한다. 변해야 했다.

인간의 한계마저 뛰어넘어 모든 상황에 대비할 수 있도록.

집중했다. 무아(無我)에 빠져들었다는 표현이 더 정확할 것이다.

고통이 점차 사라졌다. 나는 마력의 파도를 타고 심장과 뇌를 오가는 중이었다.

'뫼비우스의 띠. 시작과 끝의 모호함. 그리하여 영원히 순

환하는…….'

순환. 순환이란 무엇인가.

모든 건 순환 속에 있었다. 만물이, 나조차도.

하지만 그 순환이 어디에서 시작되고 끝나는지 아는 존재
는 없었다. 설령 신이라고 하여 알까?

나는 내 몸속에 그러한 '순환 시스템'을 만들고 있었다.

이는 데몬로드의 것과 닮았지만, 또한 달랐다.

나만의 법칙으로 흘러가는 또 다른 순환의 고리였다.

'무한의 영역.'

무한(無限)!

난 한계가 없다. 한계를 두지 않았다. 나는 단수이되 단수
가 아닌 존재였으므로.

우주를 만들었다. 내 몸은 그 자체만으로도 '세계'와 같
았다.

나선형으로 꼬아버린 마력의 선을 따라가자 나는 어려지
기도 했고, 늙어가기도 했다. 순식간에 전신에 주름이 생기
더니 다시금 말끔하게 지워지길 반복하고 있었다.

그러다가 몸이 줄어들어 아예 아기의 형태를 띠기도 하였
다. 단순히 나선형으로 마력을 꼬는 것이 아닌, 그 이상의 깨
달음이 불현듯 내게로 다가왔다.

심지어는 아예 데몬로드와 비슷한 형질의 신체를 만들기

도 했다.

하지만 이윽고 다시 원래의 신체로 돌아왔다. 나 자신의 고유성. 정체성을 더욱 확립시켰다. 이는 벽을 넘으면 겪는 다는 '환골탈태'와도 분명히 달랐다.

이를 무어라 해야 할까.

'오롯한 존재.'

경계가 깨졌다.

그리하여 정확한 한 형상만을 가지게 되었다.

오한성. 바로 나라는 존재에 대해서.

하늘과 사람과 땅. 그를 일컬어 천지인(天地人)이라 한다 면, 나는 그 인(人)에 대한 더욱 심도 있는 탐구를 하게 된 셈 이다. 수많은 신체와 정신의 변화를 통해 나는 '나'라는 존재 에 대한 확립과 깨달음을 얻을 수 있었다.

[육도(六道) 중 '인간도(人間道)'의 뼈대를 깨우쳤습니다.]

['오한성' 칭호를 획득했습니다.]

['무한(無限)'에 대한 개념을 엿보았습니다.]

['아카식 레코드'의 1단계 정보가 해제되었습니다.]

[마력의 개조가 완료되었습니다.]

[마력이 '15' 상승했습니다. 마력의 변화로 인해 세포가 활성화되 어 육체 관련 능력치가 소폭 상승합니다.]

[마력의 제한선이 해제되었습니다.]

'아……!'

숨이 멎을 것만 같았다. 너무 많은 것이 순식간에 머릿속을 휘저었다.

동시에 보이지 않던 것들이 보이기 시작했다.

보이지 않아야 할 것들이 내 눈에 담겼다.

그 확인을 끝으로, 정신이 조금씩 아득해져 갔다.

다시 눈을 떴을 때 뱀과 같은 눈동자가 나를 반기고 있었다.

주변은 여전히 수술실이었고, 별다른 고통은 없었지만 정신이 깨어난 즉시 고양되기 시작했다.

"놀라운 일이로구나. 어찌 인간이 '신의 의식'을 행할 수 있는 게냐?"

"신의 의식?"

"신들은 신이 되기 직전 666가지의 모습으로 변한다. 네가 변한 횟수는 네 가지에 불과했지만 분명히 그 의식과도 비슷했도다."

과거와 현재, 미래, 그리고 우리엘 디아블로의 모습으로 나는 계속해서 바뀌었다. 그것만은 확실하게 기억이 났다.

신의 의식인지 뭔지는 모르겠지만 내가 겪고 깨달은 것들은 '신'이란 글자와는 거리가 멀었다.

나는 상반신을 일으키고 머리를 만져 봤다. 분명히 밀었던 머리카락이 듬성하게 자라 있었다. 피부는 더욱 매끈해졌고, 전신에서 활력이 넘쳤다.

"내가 기절하고 얼마나 시간이 지났지?"

"너희들의 기준으로 3초 정도 되겠구나. 네가 의식을 잃은 시간 말이다."

고작 3초밖에 안 지났다고?

나는 내가 만든 소우주(小宇宙) 속에 갇혀 있었다. 끊임없이 그 길을 걷고 걸어서 무한의 영역에 도달할 수 있었다. 그 시간이 3초라니.

나는 시선을 돌렸다.

하지만 그보다도 놀라운 건 내 주변을 떠다니는 작은 빛의 덩어리들이다. 내가 손을 뻗자 멀리 달아났지만 그것은 분명 '정령'의 형상이었다.

'정령이…… 보인다.'

선천적인 친화력을 지녔다 한들 계약 전에 정령을 볼 수는 없다. 시리아마저도 그들의 목소리만 들을 수 있었다.

나에겐 정령의 친화력이 전무했다.

하지만 지금, 나는 계약도 하지 않은 정령들이 보인다.

-이상한 인간이야.

-맛있는 냄새가 나.

-하지만 다가가기 무서워.

목소리도 들렸다.

불과 물의 정령들. 그들은 내 손길을 피해 달아났다. 보이긴 하되 정령과 친해진 건 아닌 모양이었다.

'나'를 깨달음으로 인해 인지의 영역이 넓어진 걸까?

고개를 저었다.

이는 무한의 개념을 엿보고 우주를 노니며 생겨난 현상이었다.

'아카식 레코드.'

우주의 모든 기록을 담은 초차원 정보 집합체.

내가 아는 아카식 레코드에 대한 개념이었다.

그 1단계가 해제됐다고 했다. 무슨 뜻인지는 모르겠지만, 그 때문에 정령들과, '보이지 않아야 하는 것'들이 보이기 시작한 듯싶었다.

나는 허공에 십자 인을 그었다.

그러자…….

[사용자의 정보가 갱신됩니다.]

이름: 오한성

직업: 천지인(天地人)

칭호:

- 오한성(無, 순수 마력 10당 모든 능력치+1)

- 놀 궤멸자(5Lv, 체력+7)

능력치:

힘 41(36+5) 민첩 37(32+5) 체력 43(31+12)

지능 33(23+10) 마력 64(54+10)

잠재력(181+42/461)

스킬: 심안(9Lv), 지배자(9Lv), 전이(???), 탈혼무정검(6성), 냉혈(2Lv), 칠흑의 손길(1Lv)

착용 장비: 요르문간드(2Lv, 지능, 마력+5)

[전후 비교]

힘 33 민첩 30 체력 36 지능 25 마력 44 잠재력(151+17/461)

힘 41 민첩 37 체력 43 지능 33 마력 64 잠재력(181+42/461)

"……!!"

후욱! 후욱!

크게 심호흡을 했다. 확대된 동공. 거칠어진 숨소리.

일단…… 내 이름을 단 칭호가 생겼다. 이런 건 나조차도 처음 봤다. 하물며 무(無)급이라니.

탈혼무정검이 그랬다.

철저한 검술이며, 8성을 넘어서면 검에 혼(魂)을 실을 수 있게 된다. 9성에 이르면 탈각(脫却)이라 칭하며 강(强)을 다룰 수 있게 된다. 나는 과거에도 9성까지밖에 익히지 못했다.

10성은 마음의 검을, 11성은 모든 자연의 힘을, 12성에선 우주를 담고 만물과 하나 되어 입신(入神)할 수 있다고 전해진다.

무(無)급이란 그런 것이다. 순수한 힘을 단련하는 기초이자 심화의 단계였다.

그런데 무급의 칭호라니. 이름이 박혀 있는 것도 처음 봤지만, 무급의 칭호가 있다는 말 자체도 들어본 적이 없었다.

'마력은 그 존재의 격을 나타내는 척도와도 같다.'

순수한 마력만을 기준으로 삼지만 나는 벌써 54였다. 다른 능력치보다 월등히 높았다. 덕분에 모든 능력치가 5씩 올랐고, 이는 정말로 믿기지 않는 일이었다.

한 가지 능력치를 극성으로 올리면 물론 좋다. 하지만 가장 좋은 건 모든 능력치가 고르게 오르는 것이다. 불균형은 또 다른 불균형을 낳는 법이었으므로.

하나 모든 능력치를 올려주는 장비나 칭호는 극히 희귀했다. 데몬로드쯤은 되어야 겨우 하나씩 들고 있는 수준이었다.

무려 10Lv의 칭호가 모든 능력치 8을 올려주는 데 끝났다.

'마력의 최대치를 찍는다면.'

10이다. 강해지면 강해질수록 빛을 발하는 효과였고, 극의에 다다라선 데몬로드의 것보다 더한 '격'을 가질 수 있다는 의미였다.

게다가…….

마력 개조로 인해 내 마력은 누구보다 빠르게 성장할 기틀이 마련됐다.

케미가 좋았다. 찰떡궁합이란 소리는 이런 때를 두고 하는 말이리라.

생각지도 못했던 결과들. 설마 나선형의 마력이 이러한 깨달음마저 줄지는 몰랐다. 하지만 마냥 우연이라 치부할 순 없었다.

내 욕망이 닿았던 것이다. 보다 완전해질 수 있는 길에.

"흐음, 탈피라. 흥미롭도다. 인간에게 이만한 흥미를 느낀 건 두 번째로군."

"첫 번째는 누구지?"

"이카로스."

또 이카로스의 이야기였다. 하늘에 오르려다가 지상으로 추락한 인간. 하지만 내가 모르는 이야기가 더 있는 것 같았다. 요르문간드의 목소리에선 약간의 그리움이 느껴졌다. 계약을 했기에 알 수 있었다.

요르문간드는 이름만을 말하고 고개를 돌려 다른 이야기를 하였다.

"이제 짐도 모습을 달리해야겠다. 인간의 몸으로 걸어 다니는 것도 슬슬 귀찮으니."

동시에 그녀의 몸이 작아지기 시작했다. 옷만 남겨두곤 이내 모습을 감췄다.

이윽고 그 옷들 사이에서 은색의 뱀이 튀어나왔다.

뱀은 다리를 타고 올라가 내 어깨 위에 오르곤 동작을 멈췄다.

나는 시선을 돌려 의사를 바라봤다.

"여기서 본 모든 걸 비밀로 해야 합니다."

"알고, 알고 있습니다."

그는 놀라고 있었다. 괴물을 지배했을 때는 거의 맹목적으로 변했지만, 인간은 그와 조금 다른 것 같았다.

하지만 내 말에 복종하고 강제성을 가지는 건 분명했다.

"다시 본래의 업무로 돌아가십시오. 또 찾아오죠."

권위 있는 외과의사. 잠재력은 높지 않았지만 산정된 가치는 높았다. 이로써 단순한 능력치나 잠재력만이 가치의 산정 대상이 아니라는 게 증명됐다.

나는 옷을 갈아입고 병원을 나섰다.

볼일은 끝났다. 머리카락이 다시 자란 건 의외였지만 이제 외견만 가지고 '아저씨' 소리를 듣지는 않을 터였다. 피부에선 광이 나는 듯했으니.

'바로 출발해야겠군.'

나찰산으로 통하는 문이 대전에 있었다.

학교나 집에 관한 자잘한 문제들을 해결하고, 즉시 짐을 싸서 대전으로 향했다.

버려진 폐가. 주변엔 산이 즐비한 그곳의 지하에 나찰산으로 향하는 문이 열렸다.

헥헥헥!

도착하자 놀 워리어 17마리가 나를 반겼다.

예전의 귀여운 모습은 아니고 늑대를 연상시키는 외견을 가지게 됐지만 애교는 여전했다.

'내가 없는 사이에도 잘 먹고 돌아다닌 것 같군.'

어두운 밤, 인적이 없는 곳으로 이동하며 먼저 도착해 있도록 미리 명령을 해뒀다. 한 마리도 빠짐없이 모인 걸 보니 퍽 반가웠다.

나는 녀석들의 머리를 하나씩 쓸어주며 고개를 돌렸다.

지이이이이.

작은 소음과 함께 파란색 문이 열려 있었다.

파란색. 이종족이 사는 장소. 나는 과거에도 나찰산에서 죽어가는 노인을 한 명 본 게 전부였지만, 그는 인간이 아닌, 인간과 닮은 또 다른 종족이었을 것이다.

침을 꿀꺽 삼켰다.

저 너머에 이타콰가 있었다.

백룡. 지혜와 현안의 어머니, 발푸르기스의 자식 중 하나.

'녀석이 나를 받아들일까?'

혼을 구분하여 상대를 알아본다지만 모를 일이었다.

사물을 제대로 구분하기에 녀석은 너무 어렸기 때문이다.

하지만 나이를 먹어 데몬로드의 외견에 적응할 경우도 문제일 수 있었다. 그래서 최대한 빨리 나찰산으로 보낸 것이고.

나는 긴장한 채 천천히 문안으로 발걸음을 옮겼다.

동시에.

['나찰산 중턱(2~???Lv)' 으로 입장합니다.]

[최초 발견자입니다. 2,000pt를 획득합니다.]

내 전신이 문으로 빨려 들어가기 시작했다.

11장
아귀

드넓게 펼쳐진 초원!

언덕 따윈 없는 곳이지만, 이곳은 산이었다.

특정한 조건을 만족해야만 위로 올라갈 수 있는 방식이었는데, 내 기억이 확실하다면 이곳은 25계층이 분명했다.

'최대로 밝혀진 건 81계층까지지.'

몇 계층까지 있는지 알려진 바는 없다. 99, 혹은 100이 끝이라고 말하는 사람도 있었지만 나조차도 혼자선 78계층에 올라간 게 전부였다.

그러니 아무도 못 오른 산이란 별명이 붙은 것이고.

40계층 정도까진 비교적 쉽다. 하지만 50계층을 넘어서면 아귀들이 등장하며 난이도가 급격히 상승하고 조건도 까다로워지는 탓에, 혼자선 분명히 한계가 있었다.

끝까지 오르겠다고 다짐은 했지만 당장 그럴 필요는 없었다. 나찰산은 '최고의 조건을 가진 사냥터' 중에 하나였으므로.

한마디로 초보자부터 숙련자까지 한 번쯤은 거쳐 가는 코스와도 같았다.

'25계층이면 검은 수레의 땅이다.'

검은 수레. ㄷ 모양의 손수레처럼 생겼다고 하여 붙은 이름인데, 녀석들은 내장 기관이 외부에 있어서 수레의 짐 공간 같은 곳으로 먹이를 두고 마취시킨 뒤 녹여서 먹는다.

단단하고 넓적한 앞부분으로 받아버려서 상대를 기절시키는 게 주특기였다. 속도도 빨라서 자칫 방심하면 한 방에 골로 가는 수가 있지만, 방심만 안 하면 상대하기 어렵지 않은 괴물이었다.

헥헥.

헥헥헥.

곧이어 놀 워리어들이 내 뒤를 따라서 나왔다.

놀들은 내 주변을 원 모양으로 감싸곤 주변 광경이 신기하다는 듯 바라봤다. 하기야 넓은 초원이긴 하지만 은하와 몇 개의 행성이 바로 옆에 보이는, 그림과 같은 장소였으니.

'같은 우주의 공간은 아니라는 결론을 내렸지.'

천문학자들의 이야기인데 나로선 고개만 끄덕일 뿐이었다.

하여간에…… 25계층이 분명하다면, 이타콰도 멀지 않은 장소에 있을 터였다.

"이타콰!"

목청을 높여 불러봤다.

한참을 기다려도 반응은 없었다.

분명히 비슷한 장소에 떨어졌을 텐데, 며칠 사이에 자리를 옮긴 걸까?

'25계층을 벗어나진 않았을 것이다.'

단순히 사냥이 가능하다고 하여서 다음 계층으로 나아갈 수 있는 게 아니다.

'조건'이 필요했다.

허공에 십자 인을 그리자, 내 상태창과 함께 조건이 띄워졌다.

[사용자가 '나찰산 25계층 - 게으름의 계(界)'에 위치하고 있습니다.]

[게으른 검은 수레왕 다섯을 죽이면 다음 계층으로 향하는 문이 생성됩니다.]

이런 식이다.

검은 수레들 사이에는 간혹 '왕'적인 존재가 있다.

무리를 이루고, 암컷들이 사냥해 온 먹이를 받아먹기만 하는 게으른 수컷.

다섯을 죽이라는 건 검은 수레의 무리 다섯을 없애라는 말과 일맥상통했다.

보통 10마리에서 50마리 정도씩 몰려다니니, 이타콰나 쉐도우 카임만으로는 시간이 걸릴 게 분명했다.

'이곳 계층에 있다면 분명히 만날 수 있을 터.'

어느 정도는 확신했다.

미세하게 무언가와 '이어져 있다'는 느낌이 있었다.

이타콰가 아니라면 내게 이러한 느낌을 줄 존재는 없었다.

'사냥을 시작해야겠군.'

마음을 편하게 가졌다.

어쨌거나 나찰산은 '최고의 사냥터' 중 하나였으니까.

특히 지금…… 경쟁자가 없는 이곳은 노다지와 다름없었다.

휙!

쿵!

마지막으로 남은 검은 수레왕이 엄청난 속도로 몸을 날렸다. 빠르게 구르며 피하자 검은 수레왕이 바닥에 흠을 내며 박혔다.

네 발을 이용해서 얼굴이자 몸통을 빼낸 녀석이 재차 달려들려 하자, 놀 워리어들을 향해 명령을 내렸다.

"지금!"

크르르르르!

17마리의 놀 워리어가 순식간에 검은 수레의 네 발을 물어뜯고 몸통을 할퀴었다.

그럼에도 검은 수레왕은 꿈쩍도 안 했다. 아무리 게을러도 과연 왕은 왕이라는 걸까.

하지만 분명히 움직임은 둔해졌다.

시간이 지날수록 그 현상은 심해졌고, 나는 기회를 엿봐 '칠흑의 손길'을 사용했다.

슈우우우욱!

검은 수레왕 주변 10m 반경의 공간이 까맣게 물들었다. 이윽고 수십 개의 팔이 튀어나와 검은 수레의 전신을 감쌌다. 검은 수레는 비틀대며 순식간에 녹아내렸다. 그와 동시에 눈앞으로 성과가 나타났다.

[검은 수레왕 1마리와 검은 수레 32마리를 사냥했습니다.]
['놀 워리어 그룹(17)'의 사냥이 성공적으로 종료되었습니다.]

['놀 워리어 그룹(17)'의 '오늘부터 우리는 하나다' 버프의 효과가 '힘민체+1'에서 '힘민체+2'로 증가합니다.]

['칠흑의 손길'의 레벨이 2로 상승했습니다.]

[사용자의 지능 능력치가 1 올랐습니다.]

[380pt를 획득했습니다.]

순조로웠다. 놀 워리어들이 소수로 검은 수레들을 유인해서 잘라먹는 형식으로 진행했고, 마무리를 거의 내가 하는 식으로 스킬의 숙련도를 올렸다.

이 광경을 누가 봤다면 경악을 했을 것이다. 어쩌면 비스트 마스터라고 생각할 수도 있었다. '테이밍'과 관련된 최상위 직업이 아니면 엄두도 못 낼 사냥 방식이기 때문이다.

게다가 마무리를 그 주인이 하다니, 악덕하기 그지없다며 욕할 수도 있었고.

아무래도 사냥감을 죽일 때 마무리를 누가 하냐에 따라서 성장도가 조금은 차이가 났으니.

'지능이 잘 오르네? 이건 또 예상외인데.'

마력 개조의 영향인가?

지능과 마력은 꽤 유기적인 부분이 있었다.

지능은 스킬의 레벨 상승을 빠르게 만들어주거나, 상대의 마법으로부터 스스로를 방어하는 기능과도 연관이 있었다.

기억력도 좋게 해주지만 지능이 높다고 똑똑하다는 뜻은 아니다. 오히려 위의 두 가지 효과가 더욱 컸다.

'역시 S랭크의 스킬은 굉장하군.'

칠흑의 손길. 데몬로드의 몸으로 발휘한 것에는 못 미치지만, 지금 능력치로는 보일 수 없는 파괴력이었다.

스킬 레벨 곱하기 2. 거기에 마력을 손실 없이 전환할 수 있었다. 지금 내 마력이 64이니 68의 효율을 보일 수 있다는 것이다.

이게 얼마나 대단한 거냐면, A랭크 공격 스킬조차 대부분 공식이 '(스킬 레벨×1.5) + (마력×0.9)'였다. 저 공식을 지금 내 마력에 적용하면 효율은 고작 60.6밖에 안 된다. 이것만으로도 7이상 차이가 나는 것이다.

이 차이는 마력과 스킬 레벨이 높아질수록 두드러진다. 특히 마력은 90을 넘어가면 1의 차이가 심해지는데, A랭크 스킬로는 결코 S랭크가 보이는 위용을 따라갈 수 없었다.

물론 그만큼 S랭크 스킬은 구하기 어렵다.

인류 중에서도 열 명 정도나 겨우 익혔을까.

그만큼 데몬로드의 스킬들은 하나같이 '비교 불가'라고 봐야 했다.

'칠흑의 손길은 마력 효율에 따라 범위와 손의 숫자가 늘어난다.'

내가 최대로 다룰 수 있는 범위는 최대 20m 안팎. 손의 개수도 100여 개 정도가 한계였다.

문제는 저 범위를 벗어나면 손들이 영향을 끼칠 수가 없다는 것. 검은 수레들은 속도가 재빨라서 놀 워리어들을 이용하는 게 최고의 사냥법이었다.

나는 스킬에 대한 파악을 멈추고 놀 워리어들 쪽으로 시선을 옮겼다.

"배고프냐?"

컹! 컹!

헥헥헥!

하기야 사냥을 시작한 지 시간이 꽤 됐다. 나찰산은 아침과 저녁의 구분이 없어서 대충 시기를 봐서 밥을 먹거나 잠을 자야 했다.

게다가 검은 수레는 먹을 게 못 된다.

하지만 나찰산에 있는 동안 음식을 충당할 방법은 저러한 것들을 먹는 것뿐이었다. 29계층은 넘어가야 과일이나 평범한 짐승 비슷한 게 나오는 탓이다.

나는 배낭에서 향신료를 꺼냈다.

'맛을 가리는 방법으로는 이만한 게 없지.'

그중에는 개들이 좋아하는 향을 내는 것 또한 있었다.

중화 식당에서나 쓸 법한 커다란 솥과 버너를 꺼냈다.

물을 넣고 가열한 뒤, 검은 수레의 사체에서 다리만 떼어

냈다.

그나마 먹을 만한 곳이 다리다.

'냉혈'을 이용해서 피를 빼낸 뒤 솥 안에 던졌다.

'냉혈이 피를 빼내는 용도로 사용될 줄이야.'

시체로부터 피를 빨아들여 '형상화'시키는 스킬.

요르문간드에 의해 강제 각성하며 얻은 것이었는데 의외

로 이런 곳에서도 쓸모가 있었다.

피를 빼는 과정을 단축시키는 기능이라니!

'놀 워리어들 것부터 만들어야겠군.'

개들이 좋아하는 향을 내는 향신료를 투입했다.

컹! 컹!

왈! 왈!

뚜껑을 열 때부터 놀 워리어들이 흥분하기 시작했다.

원래는 놀들을 유인할 때 사용하는 향이었다. 이걸로 먹이

를 대접하게 될 줄은 몰랐지만.

단순히 향신료를 뿌린 게 전부였지만, 요리가 끝났다.

자그마치 17마리가 먹을 양이라 두어 번을 반복하자 또 다

른 기능이 나타났다.

['요리(1Lv)' 스킬이 생성되었습니다.]

'요리 스킬이 이렇게 쉽게 생성되는 거였나?'

집에 있을 땐 배달을 시켜 먹었다.

제단에 있을 땐 그 주변의 과일 같은 걸 먹었다.

요리를 하며 버텨보자고 생각하여 실천으로 옮긴 건, 생각해 보니 지금이 처음이었다.

하지만 요리 스킬을 얻으려면 적어도 어지간한 가게의 주방장급은 되어야 한다. 단순히 물 붓고 향신료 좀 뿌렸다고 생겨날 스킬은 결코 아니었다.

'이것도 천지인의 능력이다.'

턱을 쓸었다. 새로운 발견을 한 셈이었다.

그렇다면 제조와 같은 것들도 익힐 수 있지 않을까?

과거를 통틀어 처음 얻어본 요리 스킬의 문구에 주목하자, 곧이어 설명이 떠올랐다.

〈요리(1Lv)〉

-조금 더 감칠맛이 납니다.

-먹는 이의 기분이 약간 더 좋아집니다.

큰 효과는 없었다.

하지만 요리 스킬이 최상급에 달한 달인이 공을 들여 만든 진미를 먹으면, 희박한 확률로 능력치가 오르기도 했다.

아니면 버프가 걸리거나.

그래서 달인의 음식은 부르는 게 값이었다.

고르게 익은 검은 수레의 다리를 바닥에 던지자 놀 워리어들이 미친 듯이 달려들었다.

완식을 끝낸 다음 놀 워리어들은 바닥에 축 늘어졌다. 세상만사 귀찮다는 듯이. 행복해 보이긴 했다.

['놀 워리어 그룹(17)'의 충성도가 상승했습니다.]

이미 지배한 대상의 충성도가 올라서 뭐하겠느냐마는.

하지만 이런 식으로 생각할 수도 있었다. 요리의 경지에 올라, 내 요리가 아니면 다른 음식은 입도 못 대게 되어 지배자 스킬을 발동하도록 만드는……

'꿈같은 이야기지.'

어깨를 으쓱했다.

내가 할 수 있는 요리라곤 사나이 요리밖에 없었다.

그때였다.

—아귀야. 아귀가 나타났어.

—왜 이런 곳에 아귀가 나타난 거지?

—길 잃은 아귀인가 봐. 불쌍해라.

—아냐. 쫓기는 애가 더 불쌍해. 되게 예쁜 용인걸.

-용은 무서워. 우리가 살 곳을 없애잖아.

정령들의 목소리였다.

이 계층엔 풀의 정령이 많았는데, 나는 그들의 모습이나 목소리 또한 보고 들을 수 있었다.

'아귀와 용?'

아귀!

50계층 이상에나 존재하는 놈이다.

소아귀(小餓鬼)와 대아귀(大餓鬼)로 나뉘는데 커지면 커질수록 그 능력이 갑절로 올라간다.

하지만 지금 내 상태에선 소아귀 한 마리도 벅차다.

왜 50계층 이상에나 있어야 할 아귀가 25계층에 나타난 걸까? 이런 경우는 없었다. 적어도 내가 아는 한도 내에서는.

그러나 또 다른 단어가 신경이 쓰였다.

용이라면…….

'이타콰!'

이타콰가 분명했다.

아귀에게 이타콰가 쫓기고 있다면, 한시가 급했다.

"그 용과 아귀가 어디에 있는지 알려줄 수 있니?"

풀의 정령들을 향해 말을 걸었다. 어차피 친화력이 낮아서 여태껏 무시하고 있었지만, 내게 길을 알려줄 존재는 풀의 정령들뿐이었으므로.

내가 다가가자 가까이에 있던 풀의 정령 셋이 몸을 부들부들 떨었다.

-우, 우리가 보이나 봐!

-저, 저는 아무것도 몰라요.

-제, 제발 잡아먹지 마세요.

왜 정령들은 나를 이렇게 무서워하는 걸까?

겁을 주면 달아날 것 같았다. 보고 듣는 건 가능해도 정령과의 접촉은 불가했으니, 이 녀석들이 도망가면 답이 없다.

나는 최대한 어르고 달랬다.

"안 잡아먹어. 내가 왜 너희를 잡아먹겠니?"

-저, 정말 안 잡아먹어요?

-거, 거짓말이야. 저래놓고 잡아먹을 거야!

-그, 그런데 잡아먹는다는 게 뭐야?

눈썹이 구겨지려는 걸 억지로 참았다.

"알려주면 잡아먹지도 않고, 너희가 원하는 걸 해줄게."

-그, 그럼 나는 '푸른 언덕의 꽃가루'를 타고 싶어요.

-나, 나도! 꽃가루를 타고 다니면 재밌는걸.

-요, 용은 저~ 어기! 동굴에 숨어 있어요.

다행이다. 푸른 언덕의 꽃가루가 뭔지는 모르겠지만 협조적으로 변했다.

좋다. 나는 최대한 미소를 지었다.

"안내해 줄래?"

—따, 따라와요.

—무, 무서우니까 가까이 오진 마요.

—빠, 빨리 가자!

왜 억지로 떨어가며 말을 하는지는 모르겠지만, 이윽고 풀의 정령들이 나를 안내하기 시작했다.

나는 놀 워리어 17마리와 함께 이타콰가 있을 동굴로 향했다.

지하로 이어지는 비좁은 동굴이었다. 풀의 정령들은 짧은 날개를 열심히 퍼덕이며 동굴 앞까지 다가갔다가 잠시 멈춰섰다.

—여, 여긴데요. 여기에 용이 있어요.

—마, 많이 아픈가 봐요. 떨고 있는 게 느껴져요.

—어, 어둠의 정령들이 모여들고 있어요.

정령은 어디에나 있다. 보통은 장소에 따라 모여드는 정령의 종류가 다르지만, 감정에 기생하며 살아가는 정령도 있었다. 예컨대 어둠의 정령이 그러했다.

어두운 감정을 양분 삼아 모여드는 녀석들.

강력한 어둠의 정령은 상대가 극단적인 선택을 하도록 유도할 수 있다고 한다. 그래서 어둠의 정령을 다루는 정령사는 극도의 기피 대상이 되곤 했다.

내 눈에도 보였다.

'많다.'

엄청난 숫자였다. 입구를 가득 채워 버릴 정도면 이 안에는 얼마나 많은 어둠의 정령이 자리하고 있을지 안 봐도 뻔했다.

상식적으로 생각해 봐도 비상식적이었다.

물론 어둠의 정령을 부리는 용이 있긴 하였다. 암흑룡. 카르페디엠이 낚아채 간, 극단적이고 파괴적인 성향을 지닌 그 용은 어둠을 다스렸다.

하지만 그 외에 어둠의 정령을 불러들이는 용은 없었다. 각자의 특색에 맞는 정령 외에는 말이다.

내가 발을 디디자 어둠의 정령들조차 자리를 피했다.

─특이한 인간이군.

─인간인가? 맛있는 냄새가 나는데.

─하지만 다가가면 삼켜질 것 같군.

친화력 제로는 어둠의 정령에게도 통용되는 듯싶었다. 신경 쓰이는 단어들이 있지만 정작 말을 하는 정령들도 모르고 있을 가능성이 높았다.

일전 시리아와 빛의 정령을 통해 확인한 것이다.

덜덜덜덜덜!

풀잎의 정령 셋이 내 뒤를 몸을 떨며 따랐다. 굳이 따라올 필요는 없지만, 용이 있는 곳까지 안내하겠다고 했으니 그 약속을 지키려는 모양이었다.

―나, 나 지, 지금, 떠, 떨고 있니?

―어, 어둠의 정령들, 이, 이렇게 많은 거, 처, 처음 봐.

―히이이…….

정령조차 이상하게 생각하는 현상이었다. 나는 표정을 굳혔다. 가까이 다가설수록 가슴이 먹먹해지는 기분이 들었다.

이그닐과 이타콰. 나는 둘과 '결속'을 맺었다. 서로의 감정을 공유하며, 그렇기에 누구보다 더 서로를 잘 파악할 수 있었다.

아프다. 괴롭다. 무섭다.

심연에 있을 땐 보이지 않았던, 배우지 않았던 감정들.

그래서 녀석은 혼란해하고 있었다. 슬퍼하고 있었다.

나는 발걸음을 더욱 빠르게 옮겼다.

그리고…… 발견했다.

동굴의 끝에서, 잔뜩 움츠리고 있는 용을!

"이타콰."

나지막이 이름을 불렀다. 그러나 이타콰는 움츠린 채 경계하는 눈빛으로 나를 바라보고 있었다.

크르르.

목소리가 닿지 않는 듯했다. 심각할 정도로 혼란스러워하
고 있었다.

쾌활하고 활동적이던 면모는 보이지 않았다.

'아귀의 독에 중독됐다.'

냄새만 맡아도 확신할 수 있었다. 아귀의 독. 그 끔찍함을
잘 알기 때문이다.

아귀의 독은 전신을 썩게 만든다. 고름을 생성하고 부패시
키는데 그 고통은 불 속에 뛰어드는 것보다 더욱 크다.

보통의 인간은 순식간에 엄청난 고통을 겪고 죽는다. 제발
죽여달라고 사정을 하면서 말이다.

아귀의 독은 초창기에 빼내지 않으면 답이 없다. 내부에서
계속해서 독의 형질이 변하는 탓에 약도 없었고, 고레벨의
해독계열 스킬이 아니면 손도 대지 못한다.

그리고…… 이타콰의 옆구리에 물린 상처가 있었다. 상처
주변은 이미 까맣게 물든 상태였다. 그나마 용의 강인한 육
체라 독이 퍼지는 속도가 매우 느린 것 같았다.

"안 본 사이에 많이 컸구나."

한 발자국을 내디뎠다.

이타콰의 신체는 벌써 내 몸집에 육박할 정도로 큰 상태

였다.

콩나물보다 빠르게 자란다고 생각하긴 했지만 일반적인 용들과는 비교가 안 될 수준의 성장 속도.

그 때문일까.

방심하고 있었다. 이타콰가 아무리 어리다고 해도 용족이고, 그 용들조차도 넘어설 수 있는 존재라고 생각하여 섣불리 이 산에 던져 버렸다.

실수다. 오로지 나만을 생각한 결과였다.

<u>크르르르!</u>

이타콰가 날개를 펼쳤다. 날개가 천장까지 닿았다. 가뜩이나 좁은 동굴이 흔들렸다.

─자살할 셈이냐?

뱀이 움직였다. 요르문간드. 그녀가 내게 말을 걸었다.

나는 대답하지 않았다. 요르문간드도 딱히 막아설 생각은 없는 것 같았다. 그녀는 세계를 휘감던 용. 관심이 간다고 하여 일부러 나 하나를 살리는 자애를 보이진 않는 존재였기에.

이카로스는 태양에 도전하다가 불에 타 죽었다. 요르문간드가 최초로 관심을 보였다던 인간임에도. 그녀가 살릴 마음이었다면 이카로스는 신화 속에서 타 죽지 않았으리라.

크롸앙!

내가 다가갈수록 이타콰는 경계심을 높여갔다.

저 눈빛은 상처받은 맹수의 그것과도 같았다.

사냥꾼들도 상처 입은 맹수는 쉽사리 건드리지 않는 법이었다.

하지만 나는 멈추지 않았다. 멈출 수 없었다. 이런 결과를 만든 건 모두 나다. 나였다.

나는 천천히 양손을 벌렸다.

콰악!

이내 지척까지 닿았을 때, 이타콰가 내 목을 물었다.

용의 송곳니는 무엇보다 날카롭고 단단하다. 일순 피가 몰리고 정신이 아득해졌다. 살결을 뚫은 이빨의 감촉이 그대로 전해졌다.

하지만 절명하진 않았다. 이타콰의 이빨과 턱 힘이라면 내 목쯤은 단번에 뜯어낼 수 있을진대…….

"미안하다."

이타콰를 끌어안았다. 녀석의 목을 쓰다듬었다. 비늘은 차가웠지만 또한 따뜻했다.

많이 아팠을 것이다. 기다림에도 오지 않는 나를 기다리느라 서글펐을 터였다. 이그닐과 이타콰, 이 둘에게 나는 부모와 같았기 때문이다.

나는 진정으로 부모가 되어본 적이 없었다. 결혼도 하지 않았고 슬하에 아이 역시 없었다. 그런 건 거추장스럽다고 생각했다. 언제 죽을지 모르는 나에겐 필요 없는 것이라고.

하물며 이그닐과 이타콰는 나와 종조차 달랐다.

그래서 이 관계를 가볍게 여겼나 보다.

둘이 나를 볼 때마다 느껴지던 '신뢰'를, 그저 지배의 힘이라고만 생각한 듯했다.

"미안하구나……."

이타콰의 감정이 느껴졌다. 아니면 나의 감정일지도 모르겠다.

눈물이 흘러내렸다. 가만히 이타콰를 보듬어 안았다.

그러자 주변에 있던 어둠의 정령들이 하나둘 물러나기 시작했다.

크르르…….

이타콰가 천천히 물었던 이빨을 떼어냈다.

이어 내 눈을 바라봤다. 혼란스럽던 눈동자가 당혹으로 물들었다.

알아본 것이다. 나를, 내 영혼을.

할짝!

녀석이 물었던 상처를 핥았다. 두려움은 모두 사라졌다.

용의 마력이 내게로 흘러들어 왔다. 목의 상처가 조금씩 아물기 시작했다.

여태껏 아귀의 독이 퍼지는 걸 막고 있던 마력이다.

그것을 나에게 주입하면 순식간에 독이 퍼져 죽을 터였다.

나는 한 발자국 물러났다. 그리고 고개를 저었다.

"요르문간드, 너의 도움이 필요하다."

ㅡ흥, 짐의 힘은 너에게만 적용된다. 그리고 짐이 왜 용의 독 따위를 빨아들여야 하는 거지?

"그래?"

나는 이타콰의 상처에 입을 댔다.

그리고 녀석의 피와 아귀의 독을 빨아들였다.

순식간에 혈색이 푸르게 변했다. 아귀의 독은 신체에 들어온 즉시 피를 응고시키고 전신을 마비시키며 썩게 만든다. 피부가 기포처럼 울긋불긋 올라왔다.

ㅡ이 멍청한 놈……!

요르문간드가 당황한 듯 외쳤다. 남을 위한 희생이란 개념이 그녀에겐 희박했기 때문이다.

하나 나는 멈추지 않았다.

ㅡ멈춰라. 그 이상으로 독이 퍼지면 짐도 손을 쓸 수 없으니!

밤의 저주로부터 나를 지키는 게 그녀가 내건 계약의 조건이었다. 아귀의 독은 강력한 저주를 품고 있었다. 내가 독에 의해 죽는다면, 그녀는 계약을 이행하지 못하게 된다.

그럼에도 계속하자 요르문간드가 말했다.

─짐에게 굴욕을 줄 셈이냐? 이번 한 번뿐이다. 다시 이와 같은 일이 생긴다면 그때엔 짐이 네놈을 삼켜 버릴 것이다!

이 정도로 화가 난 요르문간드는 처음 봤다.

나는 작게 웃었다. 이어 행동을 멈추자, 어깨 위에 머물러 있던 은빛의 뱀이 바쁘게 움직이기 시작했다. 내 몸의 독을 모조리 빨아들이곤 마음에 안 든다는 듯 이타콰의 상처 주변으로 몸을 비꼬며 올라탔다.

그 광경을 바라보는 내 눈은 극도로 가라앉았다.

'녀석을…… 죽여야겠군. 세상에서 가장 참혹하게.'

아귀. 왜 자신의 계층을 벗어나 이곳으로 내려왔는지는 모르겠지만, 결코 살려두지 않을 작정이었다.

아귀의 독이 모두 해소되자 이타콰가 계속해서 내 주변을 맴돌며 내 얼굴을 핥았다.

반가움의 표시고 신뢰의 표현이었다. 그것을 알기에 나는 가만히 이타콰를 내버려 두었다.

대신 심안을 열어 그간의 변화를 살펴보고자 했다.

이름: 이타콰(value-230,900)

종족: 백룡(白龍)

칭호:

●태풍의 울음(9Lv, 민첩+15)

능력치:

힘 54ss 민첩 52(37+15)s 체력 39s

지능 31a 마력 21c

잠재력(183+15/485)

특이 사항: 성현의 가호, 거대한 태풍의 울음을 이어받았습니다. 사용자와의 강력한 신뢰의 관계가 형성되었습니다.

용은 숨만 쉬어도 강해진다는 말이 있었다.

기본적으로 용족이 가진 스펙은 '넘사벽'이라 할 만했기 때문이다.

그를 감안한들 놀라운 성장력이었다. 신체 능력치는 이미 나를 넘어섰다.

'이게 ss의 성장 가능성인가?'

이럴 수가, 라는 소리가 절로 나왔다.

신기할 정도로 성장 가능성의 등급에 따른 능력치별 변화가 있었다.

게다가…… 칭호. 태풍의 울음이 장착되어 있었다. 심연에선 보이지 않았지만 성장하며 그 기능이 발휘된 듯싶었다.

'9레벨의 칭호라니.'

성현의 힘이라는 게 확실히 대단하긴 한 것 같았다. 지혜와 현안의 어머니 발푸르기스는 대체 무슨 존재일지 감도 잡히지 않았다.

9레벨의 칭호라!

라이라 디아블로도 그만한 레벨의 칭호는 겨우 하나였다. 우리엘 디아블로도 '데몬로드(10Lv)'를 제외하면 마찬가지였으니 말은 다했다.

민첩은 순간적인 반응 속도와 극도의 감각에 영향을 준다. 제6의 감각이라 칭해지는 게 민첩이었다.

그것이 무려 15나 올랐다. 더욱 성장하여 민첩이 한계치를 넘어간다면 그야말로 초감각이라 부를 만한 이능이 발휘될 것이었다. 이 역시 이타콰의 성장 가능성을 높게 올려주는 요소였다.

"이타콰, 너를 상하게 한 녀석을 죽이러 갈 것이다. 두렵느냐?"

크르렁!

그러자 이타콰가 날개를 퍼덕이며 이빨을 드러냈다. 이타콰 역시 복수를 원하는 것 같았다.

자신의 복수 때문만은 아니었다.

쉐도우 카임. 녀석이 이타콰를 살리고 아귀에게 잡아먹혔다. 덕분에 걷잡을 수 없는 증오가 느껴졌지만, 어둠의 정령을 불러들이진 않았다.

마음을 다잡았다는 증거.

나는 고개를 끄덕였다.

'상대는 소아귀다.'

대아귀였다면 25계층은 풍비박산이 났을 것이다.

소아귀일 터였다. 그럼에도 지금의 전력으로는 승리를 장담할 수 없다.

소아귀는 50계층 이상에서 살아가는 괴물이었으니.

녀석을 조금이라도 쉽게 죽이려거든 스스로를 분열시키는 종류의 독, 혹은 신성한 힘이 씌워진 무기 따위가 필요했다.

당장은 아무것도 없었다.

하지만 방법마저 없는 것은 아니었다.

—아흐흑, 너무 슬픈 일이에요.

—나 감동했어.

—용이 행복해 보여!

풀잎 정 정령들이 이타콰를 바라보며 눈물을 흘리는 시늉을 했다.

나는 그런 정령들을 향해 말했다.

"너희들, 나랑 계약 좀 해야겠다."

수많은 정령이 있었지만 그나마 내게 가까이 다가온 건 이 셋이 전부였다.

어둠의 정령들마저 나를 피했건만, 이 셋은 다른 정령들과 달리 끝까지 내 뒤에 따라붙고 있었다.

지금 와서 생각하면…… 결코 평범한 일은 아니었다.

'가장 강력한 정령으로 꼽히는 게 빛의 정령과 어둠의 정령이다.'

원소 계열의 정령과 달리 현실에 더 강한 영향력을 끼치는 게 그 두 정령이었다. 하지만 빛과 어둠의 정령들 역시도 나를 마냥 무서워하고 다가오려 하지 않았다.

그런데 이 풀잎 정령들은 이상했다.

애당초 정령은 약속을 중요시하지 않는다. 장난꾸러기고, '이름'을 밝힌 계약자와만 소통을 하는 게 그들이었다.

하지만 풀잎 정령들은 끝까지 나름의 신뢰를 지켰다. 하급의 일반적인 정령과는 사뭇 대조되는 모습이다.

'심안으로 볼 수 있으면 좋겠지만.'

확실하진 않다.

왜냐하면 '심안'으로도 정령의 실체와 이름을 확인할 순 없었기 때문이다.

정령은 자연 그 자체와도 같았다. 바람을, 공기를 심안으로 투영할 수 없는 것과 비슷한 이치였다.

물론 특별하지 않다고 하더라도, 정령사의 힘은 매력적이다. 정령은 실체가 없다는 그 특성 탓에 정찰이나 기습 등에서도 훌륭하게 사용할 수 있었다.

그러니…… 내가 정령을 다룰 수 있게 되거든 소아귀와의 결전도 기대해 볼 만했다.

―이, 인간이 우리랑 계약을 하고 싶대.

―여, 역시 잡아먹으려고 그러는 건 아닐까?

―히이이…….

셋은 서로를 부둥켜안곤 몸을 바들바들 떨었다.

만약 내가 친화력이 높았다면 정령들 쪽에서 '계약'을 하자며 달려들 수도 있었다. 사용자와의 계약은 정령이 성장할 수 있는 거의 유일한 방법인 탓이다.

친화력이 없는 정령사라는 건 들어본 적도 없었고, 억지로 정령과 계약을 했다는 소리 역시 들어본 바 없었지만, 나는 계약하지 않았음에도 '보는 것'과 '듣는 것'이 가능했다.

이는 친화력이 아무리 높은 사람이라도 불가능한 일이다.

모순.

그래서 더욱 가능성을 느꼈다.

"친화력이 높은 자와 계약하고 더욱 많은 것을 경험할수록 너희들의 성장 역시 빨라지지. 나는 너희를 볼 수 있고, 너희의 이야기를 들을 수 있다. 용과 수많은 것을 다루며, 푸른

언덕의 꽃가루를 타는 것과는 비교가 안 될 정도로 재밌는
일들을 제공할 수 있지."

　─그, 그러고 보니 어떻게 우리를 볼 수 있는 걸까?

　─푸, 푸른 언덕의 꽃가루를 타는 것보다 재밌는 게 있어?

　─거, 거짓말이야. 그런 게 어디 있어?

　흥미를 아예 안 보이진 않았다.

　누군가가 보았다면 허공에 대고 혼잣말을 하는 미친놈처
럼 여겼겠지만, 나는 여유로운 미소와 함께 내 기억의 장면,
장면을 끄집어내었다.

　"하늘까지 닿는 커다란 풍차를 탈 수도 있을 것이다. 세계
수의 가지 위에서 산들바람을 맞으며 몸을 지탱하는 것도 재
밌겠군. 아니면 용의 등에 올라타서 청공을 누비는 건 어떠
냐? 이타콰가 조금만 더 자라면 어느 용보다 빠른 속도로 하
늘을 지배할 수 있게 될 테니. 놀들의 등에 타고 경주를 하는
것도 재밌을 거다. 오로지 나만이, 나와 계약한 정령만이 가
능한 일이다."

　꿀꺽!

　풀잎 정령들이 두 눈을 동그랗게 뜬 채로 입을 헤벌렸다.

　거짓말은 하지 않았다. 내가 말한 모든 걸 실현시킬 준비
가 되어 있었다. 다소 시간의 차이는 있겠지만 말이다.

　─우, 우리를 안 잡아먹을 거예요?

-여, 여왕님이 계약은 신중하게 하라고 했는데.

-재, 재밌겠다…….

마음이 거의 기운 것 같았다.

나는 쐐기를 박았다.

"지금 계약하면 한 달에 한 번 '정령석'을 제공하마."

정령석!

정령의 성장을 도와주는 돌이다.

오랜 시간 달빛을 받은 돌이 여러 가지 현상을 겪으며 정령석으로 승화되곤 했는데, 그 숫자가 극히 적어서 구하기 힘든 물건 중에 하나였다.

하지만 적어도 나에겐 통용되지 않는 이야기였다.

'암흑상점에 정령석이 있었지.'

게다가 무지하게 저렴했다.

그 이유는 심연의 달빛이 특수한 마력을 띠어서 정령석이 넘쳐 나기 때문이었다. 그냥 발에 차이는 게 정령석이었으니 물품을 운반할 확실한 방법만 찾는다면 정령석을 트럭째로 운반하는 것도 가능할 것이다.

-저, 정령석까지……!

-재, 재밌는 것도 할 수 있는데 정령석까지 준다고요?

-하, 할래요!

순진한 애들을 홀리는 느낌이 없지는 않았지만 성공했다.

게다가 나는 계약에 필요한 촉매가 없어도 되었다.

시리아를 빛의 정령과 계약시킬 때는 최하급 루비를 사용했지만, 그건 어디까지나 정령의 형상을 확인하고 서로 소통하기 위해서다. 나는 이미 그 두 가지가 가능하니 굳이 촉매를 사용할 필요가 없는 것이다.

"잘 생각했다. 나는 오한성이다."

─라임.

─라율.

─라온.

정령의 이름은 특별하다. 그들에게 '존재'를 부여하는 게 바로 이름이었다. 이름이 없으면 정령은 그냥 흘러가는 자연과 같았다.

라임, 라율, 라온.

'라' 돌림이었다. 이는 셋이 같은 곳에서 태어났다는 뜻이었다.

더 정확하게 말하면 '라'라는 장소에서 이름을 자각했다는 거다. 그런 외자의 이름을 가진 장소가 흔하진 않지만 나도 들어본 바는 없었다.

분명히 나찰산 어딘가에서 태어났을진대…….

그러나 고개를 저었다. 지금 중요한 건 셋의 이름을 알게 됐다는 거였다. 서로가 이름을 교환했고, 계약의 의지를 가지고 있었다.

동시에 주변에서 산들바람이 불어오며 넷을 '결속'하기 시작했다.

[중급 풀잎 정령 '라임', '라율', '라온'과 계약을 완료했습니다.]

[정령의 이름은 매우 중요한 의미를 가졌습니다. 오로지 계약자만이 알고 있는 게 좋습니다.]

[스킬 '정령사(4Lv)'가 생성되었습니다.]

중급!

과연 풀잎 정령들이 나를 피하지 않는 이유가 있었다.

정령들의 계급 역시 최하급, 하급, 중급, 상급, 최상급으로 나뉜다.

최하급의 정령이 하급이 되는 비율은 10,000:1이라고 한다. 하급이 다시 중급이 되는 것도 같은 비율이었다.

중급 이상의 정령은 당연히 귀했고, 하급 이하의 정령들보다 보여주는 힘도 차원이 달랐다.

바람의 중급 정령이 5㎝ 두께의 철을 베어낼 수 있었다.

그래서 중급 이상의 정령사는 어딜 가도 좋은 대우를 받았다.

'스킬에 직업이 박혀 버렸군.'

더욱 놀라운 건 내게 '정령사' 스킬이 생겼다는 것.

직업이 정령사인 건 많이 봤지만 스킬에 정령사라 이름이 붙어 있는 건 또 처음이었다. 아마도 이미 내가 얻은 '천지인'에 의하여 생긴 결과이리라.

놀라운 일이었다. 친화력이라곤 쥐뿔도 없는 내가…… 정령과 계약하고 부릴 수 있게 될 줄이야!

나는 더 자세하게 스킬을 살펴보았다.

〈정령사(4Lv)〉

-풀잎의 중급 정령(3)과 계약 중입니다.

-정령의 종류에 구애받지 않고 계약이 가능합니다.

-계약한 정령의 급이 높아질수록 스킬 레벨이 상승합니다.

-스킬 레벨에 따라서 계약할 수 있는 정령의 숫자가 많아집니다.(최대 5)

-정령의 현현 시간은 스킬 레벨과 지능, 마력, 현현한 정령의 계급에 영향을 받습니다.

아주 제한이 없지는 않았다.

보통의 정령사들은 다룰 수 있는 정령의 숫자가 훨씬 많았다.

하지만 난 기껏해야 다섯이다.

하나 종류에 구애받지 않다는 건 굉장한 이점이었다. 내겐 상성이 없다는 의미였으므로!

말하자면, 양보다 질.

나는 만족스럽게 웃어 보였다.

―어어? 뭐지?

―계약이라는 게 이런 거였구나!

―와, 신기해라.

반응을 보아하니 계약을 아예 처음 해보는 모양이었다.

그래서 나는 다시 웃음기를 지을 수밖에 없었다.

"설마 계약을 처음 하는 건가?"

―네에.

―여기는 우리랑 계약할 만한 게 없어요.

―야차랑 나찰은 정령을 싫어하거든요.

탁, 이마를 쳤다.

설마 계약을 처음 하는데도 중급이라고?

보통은 최하급부터 시작해서, 계약을 통해 성장하는 게 일반적이다.

하지만 극소수의 정령은 태생적으로 성장의 폭이 넓다는 이야기를 들은 적이 있었다. 흔히 말하는 '금수저'가 정령들에게도 통용되는 것이다.

그러니까…… 라임, 라율, 라온은 금수저인 셈이었다.

'야차와 나찰.'

저 이름이 정령들을 통해서 나온 것도 의외였다.

나찰산의 진정한 주인이 바로 나찰이었다. 야차는 뭔지 모르겠지만 나는 스스로를 '나찰'이라 소개한 노인을 만난 적이 있었다.

고개를 끄덕였다.

어쨌든 준비는 끝났다. 정령과의 계약이 성사되자 마치 손이 하나 더 생긴 기분이었다.

나는 이타콰를 돌아봤다.

"준비는?"

크르렁!

이타콰가 앞장섰다.

용은 자존심이 매우 강한 종족이다. 이타콰라고 다를 리 없었다.

그렇다면 이제 남은 건 하나뿐이었다.

피의 복수. 처절할 정도로 놈을 찢어버리는 것!

숨을 크게 몰아쉰 뒤 정령들을 향해 말했다.

"아귀가 있는 곳으로 가자."

소아귀는 바닥에 엎어져 있었다.

주변엔 수많은 검은 수레와 검은 수레왕이 시체가 되어 널

브러진 상태였다.

3m가량의 큰 몸집, 뱃살처럼 축 늘어진 피부, 털이라곤 하나도 없지만 전신의 곳곳에 66개의 눈과 입이 달려 있었다.

그야말로 '괴기함'의 상징이라 할 수 있는 게 아귀라는 괴물이었다.

대아귀는 저보다 10배는 크다. 그러나 소아귀라면 승산이 있었다.

'라임, 라율, 라온.'

계약한 이상 생각을 담는 것만으로도 정령을 부를 수 있었다.

이윽고 풀잎 정령들에게 작은 변화가 생겼다.

[풀잎 중급 정령(3)이 현현했습니다. 최대 43분간 유지가 가능합니다.]

−맡겨주세요.

−이 정도는 쉽죠.

−아귀를 혼내줄게요.

현현을 해야만 정령이 현실에 보다 강한 영향을 끼칠 수 있게 된다.

이어 세 정령이 소아귀에게 다가갔다.

소아귀는 눈치를 채지 못하고 있었다.

하지만 뿌리가 바닥의 지면을 뚫고 올라와 전신을 묶자 깨어날 수밖에 없었다.

키륵?

순식간에 솟아오른 뿌리가 소아귀의 전신을 묶었다.

캬아아아아!

소아귀가 발버둥을 치자 뿌리들이 위태롭게 흔들렸지만, 몸을 묶어놓는 데에는 성공했다.

그만하면 됐다. 조금이라도 발을 묶을 수만 있다면.

'칠흑의 손길.'

공간이 어둡게 물든다. 이윽고 검은 공간 위로 수많은 '손'이 생겨났다. 생명, 그 자체를 빼앗는 칠흑의 손들!

칠흑의 손들이 소아귀의 전신에 난 눈들을 마구 난도질하기 시작했다. 66개의 눈 중 20여 개가량이 순식간에 까맣게 물들고 말라비틀어졌다.

끼에에에에에!

소아귀의 발버둥이 더 심해졌다.

뿌리들이 거의 다 뜯기며 소아귀가 이쪽을 바라봤다.

기습은 성공했지만 죽이진 못했다.

크아아앙!

그러자 이타콰가 가슴을 활짝 펴고 지면을 쿵쿵대며 달려가기 시작했다.

"이타콰가 놈을 상대하고 있을 때 너희는 나머지 눈을 노려라."

놀 워리어들도 나름의 역할이 있었다.

기습으로 어느 정도 타격을 줬으나 이타콰 혼자서 소아귀를 상대할 순 없었다.

하지만 저 '눈'들을 없앨 수만 있다면 전방위적으로 반응하는 소아귀의 행동을 느리게 만들 순 있을 터였다.

콰득!

쿵! 쿵!

육탄전이었다. 이타콰는 저돌적으로 소아귀를 몰아붙이고 있었다. 몸통을 부딪치고, 소아귀의 목을 집요하게 노렸다.

뿐만이 아니다.

일순간이지만 날개가 강철처럼 변했다. 두 날개를 마치 손처럼 사용하며 소아귀의 살점을 베어내고 있었다.

'놀랍군.'

꽤 많은 용을 봤다고 자부하지만 무투파 용은 처음 봤다.

오늘따라 처음 보고 겪는 게 많은 것 같았으나 그만큼 압도적인 광경이었다.

이타콰. 마력은 낮으나 대신 신체 능력치를 극한까지 끌어올릴 준비가 된 백룡. 순간순간 날개를 강화시켜 소아귀의 공격을 방어하는 것도 굉장히 센스가 넘쳤다.

물론 싸움에 익숙하지 않다 보니 생기는 어색함은 있었다.

하지만 저 정도라면…….

'내가 가르칠 수 있다.'

전투의 센스, 순간적인 기지 등은 내가 키워줄 수 있다.

굳이 안 가르쳐도 알아서 어련히 익히겠지만 욕심이 났다. 엄청난 신체 능력에 최강의 용족, 거기에 기술마저 더해진다면 감히 적이 없을 터였다.

물론 용에게 그런 것을 가르칠 생각을 가진 인간도 나밖에 없을 것이다.

캬아아아아아!

소아귀가 비명을 질러댔다. 앞에선 이타콰가, 뒤에선 놀 워리어들이, 잠시 방심하면 정령들이 발을 묶어댄다.

숫자 앞에 장사 없다는 게 이런 걸까 싶었다.

하지만 한 방이 부족하다. 소아귀가 더 미쳐 날뛰면 피해가 생길 터였다.

'냉혈.'

나는 주변 검은 수레의 시체들로부터 피를 얻었다.

수많은 피가 내 손에 모여, 곧 검의 형상을 만들었다.

검. 탈혼무정검.

수아악!

내가 다가가자 소아귀의 입이 불쑥 튀어나왔다. 소아귀의 전신에 있는 입들은 저마다 따로 움직이며 다가오는 생물들을 위협한다.

좌악!

촤르륵!

베고, 베고, 또 베었다.

이미 소아귀의 움직임은 한껏 둔해져 있었다.

공격해 오는 입과 소아귀의 신체를 조각이 날 수준으로 베어내자, 놈의 질긴 생명력도 한계에 달했다.

키아아아악!

놈이 머리가 저릿할 정도의 커다란 단말마를 내질렀다.

그리고.

쿵!

수십 분의 혈투 끝에 소아귀가 바닥에 몸을 눕혔다.

[강력한 적과의 전투에서 승리했습니다.]

[1,350pt를 획득했습니다.]

[힘과 체력이 2씩 상승했습니다.]

후우!

나는 전투의 종료를 알리는 글귀와 함께 이마의 땀을 훔쳤다.

확실히 정령이 있으니 전투가 한결 편했다. 소아귀는 6Lv에 달하는 괴물이다. 오우거와 맞먹는 녀석을 30분 내내 때려서 죽였다는 데 큰 의미를 두었다.

'쉐도우 카임과 공간의 보석을 놈이 먹었을 것이다.'

그러나 쉴 새가 없었다.

나는 죽은 소아귀의 육체를 갈랐다.

이어 위장마저 갈라냈을 때, 예상대로 공간의 보석을 발견할 수 있었다.

하지만 쉐도우 카임으로 추정되는 건 보이지 않았다.

대신 눈에 띄는 게 하나 있었다.

'……이건 뭐지?'

생전 처음 보는 종류의 물체.

무지개 색깔의 보석이 소아귀의 위장 속에 덩그러니 놓여 있었다.

12장
야차

　이처럼 영롱한 빛깔의 보석은 거의 본 적이 없었다. 어른 주먹만 한 크기에 묘한 마력이 서려 있어서 시선을 사로잡았다.

　하지만 가만히 바라보아도 관련된 정보가 떠오르지 않았다. 이에 '심안'을 열어 살피고서야 이 보석이 무엇인지 알 수 있었다.

〈무지갯빛 야차석〉

-야차족의 심장. 야차의 생명을 담은 보석.

-쉐도우 카임의 핵과 합쳐져 변이를 일으킨 상태.

-삼키면 신체에 '검은 야차의 인(印)'이 새겨집니다.

쉐도우 카임의 흔적을 여기서 찾았다. 말하자면 아귀에게 잡아먹히고 일찍이 그 자리에 위치하고 있던 야차석과 합쳐 졌다는 뜻인데…….

'야차족이 살아가는 장소였군.'

파란색 문은 이종족이 살아가는 장소와 연결되는 문이다. 하지만 정작 나찰산에 무슨 이종족이 터를 잡고 살아가는지 에 관해선 알려진 바가 없었다.

야차족이라. 이 역시 들어본 적 없는 종족이었다.

그럼 아귀가 야차마저도 잡아먹었다는 걸까?

하지만 여전히 의문은 남았다. 50계층 이상에서 살아가는 괴물이 어째서 25계층에 있는지에 대해서 말이다.

'검은 야차의 인.'

가장 가능성이 높은 건 바로 이것이었다.

검은 야차의 인!

몸에 인을 새기는 건 문신마법의 기초다. 그 숫자가 많지 는 않았지만 문신으로 말미암아 특별한 힘을 일으키는 자들 이 있었다.

나는 야차석을 들고 턱을 쓸었다.

'성장할 방법만 있다면 문신 사용자가 나쁘지만은 않다.'

흔히들 '문신사'라고 부르는 직업. 세부적으로 영(靈)의 힘 을 빌린다거나, 문신을 새겨 신체 능력치를 올려준다거나,

스스로를 제한시켜 잠력을 모으는 '봉인구'로 사용하는 등등 그 구분은 많지만 하나같이 성장하는 방법이 까다롭다는 공통점이 있었다.

그러나 어느 정도 경지에 이른 문신사가 새겨준 문신은 분명히 힘이 깃든다. 검은 야차의 인도 그러한 종류의 것일 가능성이 높았다.

다만, '저주'와 관련된 것일 가능성도 배제할 순 없었다.

하지만 내게는 '밤의 저주'로부터 면역을 시켜주는 요르문간드가 있었다.

걱정할 필요가 없다는 의미다.

고민이 끝나자 행동으로 옮기는 건 빨랐다.

'삼키면 된다고 했지.'

최대한 입을 벌려 무지갯빛 야차석을 머금자, 동시에 야차석이 흐물흐물 녹았다.

두근……!

이윽고 심장이 타는 듯한 격통과 함께 모든 혈관이 빳빳이 일어났다. 보석의 마력이 심장 쪽으로 집중되는 기분이었다.

하지만 거미줄처럼 뒤엉킨 나선형의 마력은 엄청난 안정감을 주었다. 순식간에 야차석의 마력을 중화시킨 것이다. 이후 야차석의 마력은 중단전을 타고 상단전으로 흘러, 내오른쪽 귓불 부분에서 멈춰 섰다.

[검은색 야차의 인이 새겨졌습니다.]

[1~50계층의 이동이 자유로워집니다.]

[소아귀를 사냥하여 '전사의 의식' 이 완료되었습니다.]

['나찰각' 으로의 입장이 가능해졌습니다.]

오른쪽 귓불에 인(印)의 글자가 한자로 새겨졌다. 능력치가
오르거나 스킬이 생기진 않았지만 그 이상의 소득을 얻을 수
있었다.

1~50계층의 자유로운 이동.

그리고 나찰각의 입장이라니.

'나찰각?'

처음 들어보는 이름이었다.

하물며 전사의 의식은 또 무어란 말인가.

자세히 쳐다보자 관련된 정보가 떠올랐다.

〈전사의 의식〉

-야차족이 성인이 되면 치르는 의식입니다.

-소아귀를 사냥한 야차는 '야차의 인' 과 함께 성인으로 인정받고 '
나찰각' 에 입장할 권리를 얻습니다.

야차족의 성인식이란 말이었다.

하지만 나는 야차족이 아니다.

그럼에도 의식이 완료되었다고 나타난 건 내가 '야차의 심장'을 삼켰기 때문인 것 같았다.

소아귀가 계층을 내려온 것도 이해가 됐다.

성인식을 치르던 도중 실패한 야차가 잡아먹히고, 그 핵으로 말미암아 소아귀가 25계층까지 내려온 것이다.

'소아귀는 용을 잡아먹으면 대아귀로 거듭날 수 있지.'

처음부터 이타콰를 잡아먹을 생각으로 25계층까지 온 게 아닐까 싶다. 아귀는 강한 존재를 먹을수록 진화하는데, 용을 삼키면 그 즉시 대아귀의 반열에 오를 수 있으니 말이다.

기가 막힌 우연의 중복이지만 덕분에 이곳 나찰산의 실체를 잡을 수 있게 되었다. 나찰각. 이름부터가 이 산의 '중심'임을 나타내고 있었다.

'너무 성급하게 생각은 말자.'

일단은 성장이 먼저였다.

1에서 50계층 간의 자유로운 이동. 이는 엄청난 특혜였다. 나찰산은 '최고의 사냥터'로 인정받았지만, 그중에서도 유독 사람이 모였던 계층들이 있었다.

하지만 소문을 타면서 별의별 집단이 다 모여들어, 각 계층을 사유화하고 통제하기 시작했다. 입장료를 내야 하거나 그 집단의 사람이 아니면 아예 출입이 불가하도록 만든 것이다.

한데…… 지금 이곳에 있는 사람은 나밖에 없다.

게다가 '프리 패스권'까지 손에 넣었다.

'완벽한 조합이군.'

이보다 완벽한 조합이 또 있으랴!

물 만난 물고기. 적어도 한동안은 거리낌 없이 사냥하며 성장을 도모할 셈이었다.

'이런 걸 광렙이라고 하던가?'

MMORPG류의 게임에서 캐릭터의 레벨을 미친 듯이 상승시키는 걸 보고 '광렙'이라는 표현을 쓰곤 했다. 지금은 그 기억도 가물가물하지만 상황이 받쳐 주자 불현듯 떠올랐다.

손이 근질근질했다.

단순히 능력치의 강화뿐만이 아니라 장비도 얻을 기회였으니!

누구의 방해도 받지 않고, 경쟁자도 없으며, 내가 얻고자 하는 걸 내가 원하는 때에 얻을 수 있는…….

그야말로 '광렙의 시간'이 도래한 것이다.

"물러나지 마라! 좀비는 등을 보이는 자를 가장 먼저 노린다!"

민식이 검으로 좀비의 목을 잘라내며 외쳤다.

동굴 안은 비명이 울려 퍼지고 피가 난무했다.

"씨발, 씨발, 씨바아아알!"

"제발 죽어! 죽으라고!"

"서, 성녀님, 치, 치료 좀…… 끄아악!"

아비규환. 지옥이 있다면 이러한 모습일까.

살아남고자 조잡한 무기 따위를 휘둘렀지만 좀비는 쉽게
죽지 않았다. 목을 확실하게 잘라내거나 불에 전소를 시켜야
만 하는데, 이제 막 각성한 현대의 사람들이 곧바로 그런 행
동을 보이길 기대하는 건 현실적으로 무리였다.

물론 살아남고자 발악은 하고 있었지만, 50명을 넘어서던
인원도 불과 사흘 만에 40명가량으로 줄어 있었다.

그 사이에서 시리아는 쉼 없이 움직이는 중이었다.

빛의 정령들로 사람들을 돌보고 상처를 치유했다.

하지만 혼자 힘으로는 한계가 있었다.

"성녀님, 제발, 제 다리 좀, 제 다리 좀 붙여주십시오!"

"붙일 순 없어요. 미안해요."

자신의 다리 한 짝을 들고 기어온 남자를 향해 시리아가
고개를 저었다.

'완전히 잘려 나간 걸 다시 붙일 수는 없어.'

뼈가 보일 정도의 상처까진 어떻게든 회복시킬 수 있지만, 신경 다발이 잘려 나간 신체 부위를 다시 이어 붙이긴 어렵다.

괜히 도전했다간 막대한 마력만 들어간다.

다른 사람 10명을 치료할 수 있는 마력이 한 명에게 소모되는 것이다.

오한성. 그가 충고한 것 중에는 '좀비킹 아크시즈를 상대하기 전까지 최대한 마력을 아끼라'는 말도 포함되어 있었다.

"붙이라고! 할 수 있잖아! 이 개 같은…… 아악!"

시리아가 지혈을 해주려고 하는 찰나, 좀비들이 달려들었다.

동시에 빛의 정령들이 방패를 만들어 시리아를 지켰다.

민식이 검을 던져 좀비를 죽였지만 이미 남자도 숨을 멈춘 상태였다.

'여긴 지옥이야.'

왜인지 치료사가 아닌 성녀라고 불리고 있지만, 무력했다.

그래서 더욱 독해져야 했다.

여기서 멈춰 섰다간 모두 죽을 것이기에.

민식은 돌아가는 길을 없앴다. 좀비킹 아크시즈를 죽이지 않으면 다시 현대로 돌아갈 수 없다는 뜻이었다.

이윽고 좀비 소굴의 전투가 끝났을 때, 남은 인원은 38명이었다. 고작 20여 분의 전투로 네 명이 죽었다.

민식은 주변을 둘러보다가 다 썩은 책장 위에서 두꺼운 책 하나를 쥐어 보였다.

"악령 오르비온의 마법책. 처음으로 이 책을 읽은 사람은 '악령마법사'의 직업을 계승할 수 있다. 누가 가질 테냐?"

꿀꺽!

거의 대부분의 사람이 눈독을 들였다.

지난 며칠간 직업을 얻은 사람들은 강해졌다. 기적과 같은 능력을 발휘하며 더욱 쉽게 생존할 수 있었다.

하지만 가질 수 있는 사람은 소수였다. 그만큼 희귀했고 경쟁자도 많았다.

그런데 '악령마법사'라니.

여태껏 있었던 직업들보다 강해 보이는 이름이다.

이에 민식이 쐐기를 박았다.

"악령마법사는 말 그대로 악령들을 부릴 수 있다. 부리는 악령의 질이 높아지면 대신해서 싸워주기도 하는 꽤 좋은 직업이지."

거의 모든 사람이 손을 들었다.

그중 한 명이 민식에게 다가와 크게 소리쳤다.

"나한테 줘! 응? 돈을 원하면 돈을 줄게. 10억이면 돼? 아니면 20억? 말만 하라고!"

퍼억!

민식이 주먹으로 청년을 내쳤다.

대한민국 100대 대기업 중 한 곳을 다스리는 회장의 첫째
아들.

하지만 민식의 표정은 변함이 없이 냉정했다.

"아직도 정신을 못 차렸군. 이곳에서 그깟 돈으로 할 수
있는 건 아무것도 없다."

민식은 고개를 내저으며 이어서 입을 열었다.

"그리도 얻고 싶다면 싸워라. 투쟁해라! 거저 얻을 수 있
는 건 이 세상에 존재하지 않는다. 앞으로 펼쳐질 세상에선
더더욱!"

민식은 오르비온의 마법책을 바닥에 던졌다.

그러자⋯⋯.

"비켜!"

"내, 내 거야!"

"으아아아아악!"

난장판이 벌어졌다. 민식은 팔짱을 낀 채 그 광경을 가만
히 바라보고 있었다.

시리아는 입술을 깨물곤 겨우 입을 열었다.

"이런 방식은 좋지 않아요."

"이런 방식이 왜 좋지 않지?"

"왜 서로에게 상처를 주고, 서열을 만들죠?"

이미 직업을 얻은 사람들은 피식 웃으며 그 아수라장을 지켜봤다.

벌써 내부에서 서열화가 진행되고 있었다.

민식은 한숨을 내쉬었다.

"시리아는 명망 있는 군부 가문의 사람이 아니었나? 그렇다면 정돈된 힘이 가지는 힘을 잘 알 텐데."

"그들도 서로를 헐뜯도록 만드는 방식을 사용하진 않아요."

"이 역시 생존의 방식이다. 약육강식! 약자는 도태되고 강자는 살아남는 세상이 펼쳐질 것이다. 아직도 나를 못 믿는 건가?"

민식. 그는 특이한 사람이었다. 마치 미래를 알고만 있는 것 같았다. 그가 말하면 모든 게 척척 들어맞았고, 그가 하는 행동 하나하나에는 의미가 있었다.

그래서 중국인 남매인 샤오팅과 린린도 민식을 따랐다. 시리아 역시 편지에 적힌, 과거와 미래를 암시하는 내용들이 아니었다면 한국으로 오지도 않았으리라.

그러니…… 이 역시 맞을 터였다.

결국에는 강자존의 세상이 된다는 것. 세계 전역에서 괴물들이 침공하고 혼돈이 찾아온다는 것도 모두.

하지만 시리아는 이 불신의 공기가 마음에 들지 않았다.

"일그러져 있군요."

"최종적으로 저들은 나에게 고마워할 것이다. 내가 아니면 어차피 죽을 자들. 또한 이미 죄를 지은 자들이니 저들이 죽으면 보다 많은 사람이 환호할 것이고, 살아남는다면 저들이 속죄할 기회가 주어지는 셈이지."

민식은 사람들을 선별하고 구분하여 '문' 안으로 모았다. 이곳에 있는 사람 대부분이 이미 큰 죄를 지은 자들이었다.

"저들이 죽고 사는 걸 당신이 결정하는군요. 마치 신이라도 된 듯이."

"내가 하는 게 싫다면 네가 결정해라. 어차피 저들의 생사는 시리아, 네 손에 달려 있는 것이나 마찬가지니까."

그 말을 끝으로 민식은 더 말하지 않았다.

대신 차분한 시선으로 저 난장판을 바라볼 뿐이었다.

분명히 틀린 말은 아니었다. 하지만 바른길이라고 할 수도 없었다.

그는 결과주의적인 면모를 가지고 있었다. 결과만 올바르다면 과정은 올바르지 않아도 된다고 여기는 것 같았다.

'도저히 한성 님과 친구라고 여겨지지 않아.'

오한성. 그도 많은 걸 숨기고 있었다. 민식 역시 그를 대할 때의 모습과 지금의 모습은 너무나도 다르다. 서로가 서로에게 비밀이 있는 것이다.

민식에게 한성은 뭐랄까, 건드려선 안 되는 역린과도 같았다.

하물며 둘의 성향도 백팔십도 달랐다. 온도 차이라고 해야할까.

그 간극에서 시리아는 혼란하고 있었다.

'지금은…… 내가 더 열심히 할 수밖에.'

시리아. 그녀는 말보다 행동으로 보이는 사람이었다.

말만으로 민식을 비판할 생각은 없었다. 살릴 것이다. 적어도 허무하게 죽는 사람은 없게끔 만들 것이었다.

저 비뚤어진 영웅에 의해 더욱 많은 이가 죽는 것만큼은 반드시 막아야 했다.

29계층.

알라무어의 쉼터.

'사막의 패잔병'이라 이름 붙은 괴물을 없애고 그들의 창고를 발견할 수 있었다.

'거의 다 쓰레기뿐이군.'

창고는 컸지만 대부분이 썩거나 상했다. 하지만 창고를 전부 뒤져서 그나마 멀쩡한 몇 개는 건질 수 있었다.

<갈라파고스의 방패(value-700)>

● 튼튼하다.

● 착용 시 '방패병' 직업을 얻을 수 있다.

<알라무어의 직검(value-4,300)>

● 힘, 민첩+1

● 단단하고 날카롭다.

이런 것들이었다.

별의별 계승 장비도 넘쳐 났고, 의외로 쓸 만한 검 같은 것도 있었다.

하지만 내겐 이미 어느 것보다 뛰어난 '천지인'의 직업이 있었다.

방패병이나 창병과 같은 직업을 군이 얻을 필요가 없었다.

'알라무어의 직검. 이건 꽤 괜찮네.'

한참의 사냥 끝에 겨우 검 한 자루를 건졌지만, 나쁘지 않은 성능이었다.

그리고 벌써 실망할 필요가 없었다.

아직 가 볼 곳은 많았다.

﹡

29계층에서 알라무어의 직검을 얻은 이후 나는 곧장 33계층, 「나태의 계(界)」로 향했다. 귓불의 인을 매만지면 공간이 일그러지며 '문'이 나타났고 그것을 통해 1~50계층 중 원하는 곳으로 향할 수 있었던 것이다.

33계층에서 반드시 얻어야 할 게 있었다.

'팔라딘의 망토.'

이곳 나찰산에 관해선 꽤 많은 연구가 이뤄졌다. 수많은 정보가 문서화되어 기밀 서고에 잠들어 있었고, 나 역시 이곳에서 나찰을 만나 '탈혼무정검'을 얻었기에 하나도 빠짐없이 봤던 기억이 있었다.

그리고 나찰산에는 종종 특이한 계층이 존재하곤 했다.

예컨대 바로 이곳 33계층처럼.

수많은 계단이 놓여 있었다. 바닥은 무저갱과 같이 깊었고 한 발자국이라도 잘못 디디는 순간 떨어져서 생명을 달리할 것이었다.

괴물은 없지만 쉬어서도 안 된다. 이 계단들은 3초 이상 자리에 멈춰설 시 그대로 사라지는 구조로 되어 있었다.

잠시의 나태함도 두고 보지 않겠다는 의지마저 느껴질 정도다.

하지만…… 이곳 어딘가에 '팔라딘의 망토'가 있다.

[체력이 '45' 입니다.]

[재생 능력이 전무합니다.]

[다음 계층으로 향하기 위해선 115,799개의 계단을 올라야 합니다.]

문제는 이것이다. 조건.

체력의 계수를 측정하여 한계까지 몰아붙이게 설계가 되어 있었다.

45의 체력 정도라면 115,799개의 계단을 쉬지 않고 오를 시 탈진, 혹은 빈사 상태에 빠진다는 의미였다.

그러나 '보상'은 그 한계를 뛰어넘어야 주어지는 법이었다.

팔라딘의 망토를 얻었던 사람은 자신의 한계에 세 배에 달하는 계단을 오르자 그것을 얻었다고 말한 바가 있었다.

'팔라딘이라 이름 붙은 하나의 세트로 이루어진 장비들. 나찰산에서 구할 수 있는 것 중 최고로 치는 이름이지.'

팔라딘이라 이름 붙은 다섯 개의 장비는 나찰산에서 구할 수 있는 유일한 세트 장비였다. 하나가 더해질 때마다 놀라운 옵션들이 붙으며 전장을 휩쓸곤 하였다.

　다섯 개 모두가 모인 적은 없지만, 고작 세 개를 착용한 자가 '휘광'을 발휘해 순식간에 '로드 오르모스의 침략'을 막아 낸 건 유명한 일화였다.

　지금 이 순간에 팔라딘의 이름을 단 장비들을 모두 구할 수만 있다면…….

　'한 발자국 놈들에게 더 가까워진다.'

　데몬로드. 그리고 보라색 문의 괴물들.

　나는 그들이 멀쩡히 지구를 침략하는 걸 가만히 지켜볼 생각이 없었다.

　놈들이 오기 전에, 내가 칠 것이다.

　그러기 위해선 부지런히 강해져야 한다.

　팔라딘의 장비들은 그 시작과 같았다.

　"너희도 함께할 테냐?"

　크릉!

　이타콰가 고개를 끄덕였다. 놀 워리어들도 도전하겠다는 의사를 비쳤다.

　나는 피식 웃으며 계단을 오르기 시작했다.

　한계. 한계란 무엇인가.

　나는 항상 고민하곤 했다. 그리고 과거의 나는 '내게 한계는 없다'고 생각한 적이 있었다. 무엇이든 할 수 있고 무엇이든 될 수 있다고. 하지만 현실의 벽에 부딪힌 이후 나는 절망하며 조금씩 마모되어 갔다.

사람이란, 세상이란, 내 마음대로 되는 게 아니라는 걸 깨달았다. 최강이라 칭송받는 그 허무함에 대하여 씁쓸한 미소를 흘린 적도 많았다. 그렇게 시간이 흐르자 나는 조금씩 나 자신의 한계를 깨닫게 되었다.

연륜이라고 해야 할 것이다. 사람은 나이를 들어가며 스스로를 냉정하게 살필 수 있는 눈을 가지게 된다. 섣부른 모험, 판단은 뒤로하고 내가 겪었던 '안전한 범위'에서의 결정만을 내리며 안정을 추구하는 것이다.

그게 나쁘다고 할 수는 없었다. 그러나 조금씩 '도전'이라는 단어가 잊혀져 가는 것만은 사실이었다. 나이가 들수록 책임져야 하는 것도 늘어나는 법이었으므로.

나 역시 그랬다. 내가 책임져야 하는 것들의 무게에 짓눌려 안정만을 꾀했다.

나의 실패는 인류의 실패와 같았다. 그 리스크를 혼자서 짊어지기엔 어깨가 너무 무거웠다.

돌아온 지금에 이르러선 한계가 없다며 나 스스로를 채찍질하지만 과연 정말로 그럴까?

내 정신은 과거의 오한성과 다르지 않았다. 돌아왔다고 하여 내 정신적인 나이마저 돌아간 것은 아니었다. 어쩌면 진정으로 '벽'에 부딪혔을 때, 나는 다시금 체념하고 스스로의 '한계'에 대해서 고민하게 될지도 모른다.

[115,799개의 계단을 올랐습니다. 다음 계층으로 향하시겠습니까?]

숨이 머리끝까지 차오른 기분이었다. 놀 워리어들은 진즉에 공간의 보석으로 들어갔다. 이타콰와 함께 계단을 오르고 있지만 녀석도 한계를 맞이했는지 나 못지않게 골골대는 중이었다.

머릿속이 하얬다.

하지만…… 아직은 조금 더 할 수 있을 것 같았다.

나는 글귀를 무시하고 계속해서 계단을 올랐다.

3초 이상 쉬면 주변의 계단이 몽땅 사라진다. 계단의 카운트도 초기화된다. 고로, 멈춰 서선 안 된다.

[200,000개의 계단을 올랐습니다. '룬 문장의 방패'를 획득할 수 있습니다. 다음 계층으로 향하시겠습니까?]

꿀꺽!

침을 삼켰다. 굉장한 유혹이었다. 다리는 부들거렸고 조금만 건드려도 주저앉을 것만 같았다. 하지만 나보다 체력이 낮은 이타콰마저 아직 멈추지 않았다.

우리 둘은 선의의 경쟁을 했다.

고작 한계의 두 배다. 이 정도를 걸었다고 쓰러지면 여태껏 해왔던 내 다짐들은 장난과 같이 치부될 것이었다. 자존심이 허락하지 않았다.

다리에 감각이 사라졌다. 몸 안의 수분이 모두 빠져나갔는지 이제는 땀도 흐르지 않았다. 족히 며칠을 계단만 오르고 있는 것 같았다. 이미 반쯤 정신을 놓은 상태였다.

그리고 마침내.

[390,000개의 계단을 올랐습니다. '팔라딘의 망토'를 획득할 수 있습니다. 다음 계층으로 향하시겠습니까?]

내가 목표했던 팔라딘의 망토가 보상으로 나타났다.

침을 꿀꺽 삼켰다. 전신에서 소름이 돋으며 해방감이 찾아왔다.

나는 이타콰를 바라봤다. 이타콰도 나를 바라봤다.

"지금…… 네가 멈추면…… 나도 멈추마."

절레절레!

이타콰가 강렬하게 고개를 저었다. 그러고는 걷는 걸 포기하고 계단을 기었다.

이런, 젠장할 놈.

용은 하나같이 자존심이 강하기로 유명하다. 계단을 기어가는 용이라니. 자존심을 버린 건지 챙기는 건지 모르겠지만 나에게 질 생각은 없는 것 같았다.

선의의 경쟁이 혈전으로 치닫는 순간이었다.

그 뒤로 5만 개의 계단을 오를 때마다 '다음 계층으로 향하겠느냐는' 물음이 나타났다. 보상도 '팔라딘의 망토'에서 변하질 않았다.

하지만 이젠 그런 문구는 눈에 들어오지도 않았다.

나는 그저 걸을 뿐이었다. 걷고, 걷고, 이 무한한 장소의 계단을 계속해서 올라간다.

[500,000개의 계단을 올랐습니다. '권왕의 도복'을 획득할 수 있습니다. 다음 계층으로 향하시겠습니까?]

바뀌었다. 팔라딘의 망토가 권왕의 도복으로.

전신이 무거워졌다. 중력의 세기가 변한 것만 같았다.

여기서 멈추라고, 할 만큼 했다고 누군가가 말하는 기분이었다.

헥…… 헥……!

털썩!

이타콰가 쓰러졌다.

하지만 여기까지 온 것만 해도 대단한 성과다. 녀석의 체력은 나보다 낮았다. 진즉에 탈진했어야 할 녀석이 오로지 오기 하나만으로 여기까지 왔다.

나는 이타콰를 공간의 보석에 넣곤 다시 움직이기 시작했다.

여기까지 왔다. 그렇다면 '끝'을 봐야 하지 않겠는가.

[체력이 한계에 도달했습니다.]

[체력이 한계에 도달했습니다.]

[체력이 한계에 도달했습니다.]

주의하라는 듯이. 경고가 계속해서 쏟아진다. 실핏줄이 터져 나가고 다리의 색깔이 시퍼렇게 변했다. 하지만 아직도 나는 '끝'에 도달하지 않았다.

누구도 도달하지 못했던 장소에 도달하리라. 그리하여 내 마음가짐을 확인할 생각이었다. 나 스스로에게 내리는 제약과도 같았다. 모든 걸 바꾸려는 자가 이 정도도 못해서 되겠느냐는.

시간의 흐름조차 잊어버렸다.

일주일. 한 달.

어쩌면 그 이상을 계속해서 걸은 것만 같았다.

전신이 말라비틀어지고, 정신은 분해되었다. 마치 기계라
도 된 것처럼 나는 무작정 앞으로 나아가고만 있었다.

[1,000,000개의 계단을 올랐습니다. 한계를 아득히 초월한 자에게
주어지는 최종 보상을 획득할 수 있습니다. 이보다 상위의 보상은 존재
하지 않습니다.]

끝. 누구도 도달하지 못했던 장소!

그리하여 백만 번째 계단에 도달했을 때, 나는 웃을 수 있
었다.

33계층의 정상에 한 남자가 나타났다.

2m를 훌쩍 넘기는 거대한 신장. 굳어 보이는 인상.

귓불에 '화천(火天)'의 인(印)을 새긴 남자였다.

"내가 담당하는 계에 승천자가 나타나다니, 3,700년 만인
가?"

남자, 화천은 쓰러진 이를 바라보며 턱을 쓸었다.

"전사의 의식을 막 끝낸 야차가 왜 승천자의 의식에 도전한 건지는 모르겠지만, 나찰각에서 한바탕 난리가 나겠구나. 그리고…… 검은 야차의 인이라?"

이윽고 재밌는 것을 발견한 아이처럼 화천이 웃었다. 야차는 전사의 의식을 행하고 바로 나찰각으로 향하는 게 관례였다.

이처럼 승천자의 의식에 마저 도전하는 야차는 없었다. 애당초 승천자의 의식은 야차가 아니라 자신과 같은 나찰에게 주어진 시련이었으므로.

십이나찰. 나찰산의 12개의 계를 담당하는 반신격 존재들. 그런데 야차가 나찰의 의식을 행했다. 이 사실을 알게 되거든 나찰각이 발칵 뒤집어질 것이었다.

이런 일은 3,700년 만이었다.

하물며 저주받았다고 칭해지는 '검은 야차의 인'마저 가지고 있었다.

'야차치곤 묘한 구석이 있긴 하지만 재미있군. 이번 의식에 성공한 애송이 중엔 꽤 재미있는 녀석이 많단 말이야.'

물론 그중에서도 이놈은 걸작이었다.

어쩌면 무척이나 오랜만에 무더기로 '계승자'들이 나올지도 모르겠다.

계승자. 극의를 볼 자격을 지닌 이름.

지난 수천 년간 나오지 않았다.

그러다가 이번에 무더기로 그 이름을 달 만한 야차들이 등장했다. 아직은 햇병아리들이지만 가능성은 무궁무진했다.

'대라선(大羅仙)께서 무슨 수를 쓰신 건가?'

수천 년간 등장하지 않다가 무더기로 나타났다는 건 분명히 정상적이지 않은 인과율이었다. 동시에 이런 여러모로 정상적이지 않은 녀석까지 등장한 걸 보면 누군가의 강력한 의지가 느껴질 정도였다.

화천은 잠시 심각한 표정을 지어 보였다.

'왜인지 서두르고 계시단 말이지. 대라선께서 위협을 느낄 무언가가 등장했다는 게 마냥 거짓은 아닌 모양인데.'

이곳 나찰산, 나찰계를 다스리는 대라선은 절대적인 존재였다. 그가 위협을 느끼고 움직일 정도라면 자신이 모르는 곳에서 심상치 않은 일이 벌어지고 있다는 뜻이다.

하지만 화천은 이내 고개를 저었다.

그것은 자신이 걱정할 바가 아니었다.

대라선은 모든 것을 인지하고 보다 먼 곳을 볼 수 있는 분.

십이나찰이 아무리 대단한 존재라고 할지라도 대라선은 그보다 더욱 위대한 분이셨다.

그분의 생각을 자신 따위가 재단한다는 건 지극히 말도 안 되는 이야기다.

때가 되면 어련히 알 수 있으리라.

'어쨌거나…… 이번 쟁탈전은 꽤 지켜볼 만하겠군.'

지금은 그보다 의식을 끝낸 애송이들에게 신경을 쓸 때였다.

역대급이라는 수식어가 달릴 정도로 쟁쟁한 야차가 많이 등장했다.

과연 몇 명이나 계승자의 이름을 달 수 있을지, 화천은 궁금했다.

이윽고 화천이 쓰러진 이를 어깨에 둘러멨다.

그 순간, 화천의 신체가 증발하듯 사라졌다.

13장
되새기다

툭.

물방울이 떨어졌다.

투욱.

이마 위로 떨어지는 물방울이 내 정신을 깨웠다.

하지만 전신이 포박된 듯 움직이지 않았다. 이에 눈을 뜨자 모래 구덩이 위에 목만 빠끔히 내밀고 있는 나 자신을 발견할 수 있었다.

"멍청한 야차가 드디어 깨어났군!"

우렁찬 목소리였다. 고개를 돌리자 붉은 피부의 남자가 봉하나를 쥔 채 나를 내려다보고 있었다.

외견은 인간처럼 생겼으나 인간이 아니었다. 머리카락에

서 푸른색 불을 내뿜는 사람은 존재하지 않았으므로. 게다가 그의 귓불에 새겨진 인(印)은 나와 달리 빨간색을 띠고 있었다.

바로 야차의 인이었다.

"뭐야, 말 못 하는 벙어리냐?"

"너는 누구지? 여기는 어디고?"

"오! 말할 줄 아네."

남자가 히죽 웃었다.

"화천께서 너를 살리라고 내게 명하셨다. 나는 '떠는 산' 일족의 야차이고, 이곳 나찰각에선 '화련대주'의 직급을 맡고 있는 '구화랑'이라고 한다. 이곳은 뭐, 말하자면 치료실이다. 설명은 이만하면 됐겠지?"

전혀.

애당초 나는 계단을 올랐을 뿐이다.

그런데 눈을 떠보니 나찰각에 있었다.

나찰각. 나찰산의 '중심'이라 예상하고 있었던 장소.

언젠가 가보려고는 했지만 예상보다 훨씬 빨랐다.

그리고 주변 경관도 이상하긴 매한가지였다. 치료실이라고 했는데, 곳곳에 원형의 구멍이 나 있고 지금 내가 묻힌 흙들이 자리하고 있었다. 그리고 천장에 달린 대나무로 만든 기묘한 장치들을 통해 뭔지 모를 물방울이 떨어지는 중이었다.

내가 대답을 보류하고 있자 스스로를 구화랑이라 소개한 남자가 말했다.

"그나저나 전사의 의식을 끝낸 녀석이 곧이어서 '승천자의 의식'마저 해결했다지? 지금 너 때문에 나찰각이 발칵 뒤집어진 건 알고 있냐?"

"승천자의 의식?"

"그래! 지금 네 머리 위에 있는 저 망토가 그 증거다."

어렵사리 고개를 들었다.

그런데 웬걸. 검은색 망토 하나가 붕 떠 있었다.

구화랑이 내게 손을 대려고 하자, 휘리릭! 하고 날아온 망토가 구화랑의 손등을 때렸다.

"워, 워. 이놈이 내가 너를 해치는 줄 알고 달려드는 거 봐라. 하여간 승천자에게만 주어지는 자아의 무구 아니랄까 봐 까칠하기 그지없군."

이맛살을 구겼다.

그리고 보니 비슷한 걸 얻었다는 문구를 본 것 같긴 하다.

심안을 열자 망토와 관련된 정보가 떠올랐다.

〈승천자의 망토(value-300,000)〉

● 민첩+5

● 자아를 가지고 있어서 자격을 지닌 자만을 주인으로 삼는다.

● 대마법(S)급의 방어 능력을 지니고 있다.

『승천자의 의식을 무사히 완료한 자에게만 주어지는 특별한 무구.
종류는 다르지만 하나같이 거대한 힘을 품고 있다고 전해진다.』

망치로 정수리를 맞은 기분이 이러할까.

에고(Ego)를 지닌 망토라니. 하물며 대마법(S)급의 방어 능
력이라니…….

이 망토 하나만으로 웬만한 마법은 모두 방비가 되는 셈이
었다. S급의 방어 능력이라면 한마디로 도시 단위의 파괴력
을 지닌 강력한 마법조차도 막아낼 수 있다는 뜻이었다.

팔라딘의 이름을 단 장비들? 물론 좋지만 그거 10개를 모
아도 대마법(S)의 방어 능력 하나에 미치지 못할 것이었다.
그만큼 어마어마한 능력이었다.

망토 하나로 웬만한 마법사들 뺨을 후려칠 수 있는 것이
다. A급까지는 나도 몇 번 본 적이 있지만 S급은 처음이었다.

게다가 알아서 위험을 감지하고 막아서는 에고까지 갖췄
다. 이보다 완벽한 조합이 또 있으랴.

"본래라면 십이나찰에게만 허락된 것이다. 야차 주제에
나찰의 의식을 행하다니 너도 참 간이 큰 놈이다. 그래서, 가
장 중요한 물음이다만…… 네놈은 뭐하는 놈이냐? 뭔데 검

은 야차의 인을 가지고 승천자의 의식까지 완료했지?"

나를 같은 '야차'로 인식하고 있는 것 같기는 했다. 내가 흡수한 야차석 때문일 것으로 사료됐는데, 귓불에 새겨진 검은색의 인을 보고는 못마땅하게 여기는 태도였다.

"그 전에 먼저 이곳에서 꺼내주면 안 되나?"

"알아서 나와라."

"알아서 나오라고?"

전신에 힘을 줬지만 꿈쩍도 안 했다.

구화랑은 도와줄 생각은 눈곱만큼도 없다는 태도로 가만히 나를 지켜보고 있었다.

'끈적끈적하군.'

단순한 흙은 아닌 것 같았다.

묘하게 신체에 달라붙는 끈적끈적함이 있었다.

아마도 특수하게 제작된 흙인 것 같은데, 신체와 마력의 안정을 꾀하는 데 영향을 미치는 듯싶었다.

'마력을 움직이는 흙이다. 역으로 순환시키면 반발하면서 떨어지겠지.'

그다지 어렵지 않은 일이었다. 마력 개조를 행한 후 나선형으로 꼬인 마력은 순환과 역순환이 자유로웠기 때문이다.

스르륵.

모래들이 내게서 조금씩 멀어진다. 그러한 감각을 느끼곤 다시 한번 신체를 움직이자, 한 번에 모래 구덩이에서 몸을 빼낼 수 있었다.

"차크라를 다루는 데 제법 익숙하구나. 어지간한 야차들도 '정화의 흙'에 빠지면 한참을 고생하는데 말이야."

차크라?

아마도 마력의 다른 이름인 것 같았다.

나름대로 나를 떠보려는 행동인 듯싶은데 조금 고민이 되긴 하였다.

영락없이 야차인 척을 해야 할 판국이었다.

그나마 다행인 점이라면 바로 앞에 흰색의 도복이 있었고, 그 위에 공간의 보석이 놓여 있다는 정도였다.

공간의 보석을 챙긴 뒤 주섬주섬 도복으로 갈아입으며 심안으로 살핀 결과, 나는 눈앞의 남자가 '진짜'임을 알 수 있었다.

이름: 구화랑(value-167,700)

직업: 화련대주

칭호: 없음

능력치:

　힘 80a 민첩 80a 체력 84a

　지능 81a 마력 90a

잠재력 (415/460)

특이 사항: 순수하며 극도로 강렬한 불. 청염(靑炎)의 주인입니다.

스킬: 청염구봉(9성), 야차질주도(9성), 화극심법(8성)

순수한 능력치의 결정판이라고 해야겠다. 그야말로 스스로를 극한까지 단련시킨 자! 지금 상황에선 '대적 불가'와도 같았다.

"오한성."

"오한성? 특이한 이름인데. 어느 산에서 왔지?"

"기억이 안 난다."

"기억이 안 난다?"

별수 없었다. 야차인 척 행세하며 이곳을 둘러볼 수밖에.

기회이기도 했다. 다른 자들도 살펴봐야겠지만, 야차족은 그 강력함에 있어서는 어지간한 이종족이 명함도 못 내밀 것 같았다. 만약에 이들을 우호적으로 움직일 수 있게 된다면 굉장한 힘이 될 것이다.

아니면 혹시 모르는 위험으로부터 미리 대비할 수도 있고.

나에게 이득이 될 만한 걸 찾을 수 있을지도 모른다.

'이 또한 도전이고 모험이다.'

이들은 내게 있어서 '신비'였다.

그리고 저들도 나를 '신비'로 여기고 있었다.

조금 더 이 신비를 탐구해 보고 싶었다.

나는 고개를 끄덕였다.

"정신을 차렸을 땐 계단을 오르고 있었다."

"승천자의 의식을 행하면서 기억도 승천해 버린 거냐?"

"재미없는 농담이군."

"……너는 꽤 재미있는 녀석이로구나."

구화랑이 팔짱을 꼈다. 진위의 여부를 판단하려는 듯 나를 바라봤다.

나는 아예 철판을 깔기로 했다. 저들이 나를 '야차'로 인식한다면, 거리낄 건 없었다.

"나는 이제부터 뭘 해야 되지?"

"정말 모르는 거냐?"

"알고 있다면 묻지 않았겠지."

어깨를 으쓱하자 구화랑이 작게 혀를 찼다.

"'성흔 쟁탈전'에 참가하게 된다. 전사의 의식을 완료한 풋내기들이 서로 경쟁하는 장이지. 너는 등장하자마자 유명인이 됐으니 표적이 될 것이고. 걱정은 마라. 그래 봤자 죽기밖에 더하진 않을 테니."

"바로 시작하는 건가?"

그건 곤란했다. 만약에 저 성흔 쟁탈전이라는 게 내가 해결할 수 있는 규격을 벗어난 일이라면 발을 빼는 것도 염두에 둬야 하는 탓이다.

그러나 다행히도 구화랑이 고개를 저어 보였다.

"우리는 야차들끼리의 화합을 중시하고 존중한다. 앞으로 34일 동안은 자유다. 성흔 쟁탈전이 시작될 때까지 조를 만들어도 좋고, 다른 조에 들어가도 나쁘지 않다. 아니면…… 흠, 말로 설명하긴 애매하니 따라와라. 겸사겸사 나찰각 구경을 시켜주마."

구화랑이 대뜸 움직였다.

빠르게 그 뒤를 따랐다.

치료실을 벗어나자 거대한 또 다른 수많은 방이 보였다.

천장의 높이가 족히 20m는 되어 보일 정도로 높았고, 하얀색의 날개 달린 원숭이들이 곳곳을 오가며 청소를 하거나 업무를 보고 있었다.

'백원후가 이렇게 많을 줄이야.'

백원후(白猿猴)는 특별한 괴물이다. 공격적이지 않지만 지능이 높고, 무엇보다 '영약'을 찾아내는 데 도사다. 그 외엔 알려진 바가 별로 없었다. 그 숫자가 극히 드물어서인데, 테이밍에 성공한 사람은 손에 꼽혔다.

그런데 이곳엔 백원후가 넘쳐 났다. 적어도 내 눈에 보이는 것만 이백이 넘는다. 그 귀한 백원후가 청소를 하거나 잡무를 보는 것도 퍽 신기한 광경이긴 했다.

이윽고 전각을 벗어나자 대자연이 펼쳐졌다.

'……기가 막히는군.'

광활한 자연의 범주를 넘어섰다.

작은 게 없었다. 하늘까지 닿는 절벽과 신비하게 절벽을 감싸는 구름들, 절벽에서 떨어지는 폭포수와…… 어지간한 빌딩과 맞먹는 전각이 수없이 늘어서 있었다.

그리고 야차들이 있었다.

야차의 생김새는 가지각색이었다.

주로 피부나 머리카락의 색깔이 달랐다. 대부분이 인간과 비슷한 외견을 가지고 있었지만, 빨주노초파남보의 무지개 색깔로 나뉘는 것 같았다.

그들은 하나같이 나를 매우 묘한 눈빛으로 바라봤다.

"다들 네게 관심이 있어서 그런 거다. 야차가 승천자의 의식을 통과한 건 무려 3,700년 만에 있는 일이니."

그놈의 승천자의 의식이 뭔지.

검은색 망토는 이미 자연스럽게 내 등에 착용이 된 상태였다.

이물감도 없고, 착용을 안 한 것처럼 가벼워서 자칫 잘못하면 잊어버릴 수준이었다.

이윽고 구화랑은 넓은 연무장으로 나를 데려갔다.

"이곳은 대련장이다. 원하는 백원후와 대련을 치를 수

있지."

백원후와 백여 명의 야차가 대련을 치르는 중이었다.

보통의 백원후는 덩치가 작은 원숭이의 형태를 가지고 있었다. 하지만 연무장에 있는 백원후들은 덩치가 바위처럼 커다랬다.

하물며 무예를 배운 듯 움직임도 예사롭지 않았다.

"아, 원후왕(猿猴王)은 건드리지 마라. 성격이 더러워서 죽을 수도 있다."

콰콰쾅!

그중에서도 커다란 백원후가 있었다. 전각을 밟으면 땅이 울리고, 주먹질 한 번에 대기가 울리는 거력의 소유자였다.

그오오오오—!

한 여인이 그러한 원후왕을 맨손으로 상대하는 중이었다. 남색의 머리칼. 피부는 하얗고 한 폭의 미인도(美人圖)에 나올 법한 수려한 외모를 가지고 있었다. 전형적인 고양이상에 고집이 강해 보이긴 했으나 눈앞의 구화랑보다는 훨씬 '인간'에 가까운 모습이다.

"유설! 그녀의 천령신권은 여전히 아름답고 파괴적이군."

쩌저적!

원후왕과 주먹을 주고받던 여인이 바닥을 밟고 그대로 권을 쏟아냈다. 땅이 갈라지며 원후왕의 배를 정통으로 때렸다. 쿵! 소리와 함께 원후왕의 거대한 신체가 뒤로 밀려나 처박혔고, 유설이라 불린 여인은 주먹을 털어내며 별일 아니라는 듯이 대련장을 떠났다.

"성격만 조금 사근사근했으면 벌써 조를 만들고도 남았을진대. 쯧쯧."

저 정도면 굳이 조가 필요 없겠다.

다른 대련장의 야차들과도 확실한 '격'의 차이가 느껴졌기 때문이다.

구화랑 정도는 아니지만, 분명한 강자의 축에 들어갈 정도였다.

"다음은 서고에 데려다주마. 조를 짜기도 싫고, 수련을 하기도 싫으면 서고에서 책이나 읽고 있으면 된다."

구화랑이 부지런히 움직였다.

서고라고 불린 곳도 규모면에선 다른 전각에 꿇리지 않았다.

안으로 들어서자 여전히 백원후가 있었고, 책을 정리하거나 먼지를 털어내는 중이었다.

그 뒤로 거대한 도서관이 펼쳐졌다.

족히 수만 권, 어쩌면 수십만 권은 될 법한 책들이 늘어서 있었다.

하나같이 무학과 관련된 책들이었다.

그리고 그 가운데에 한 남자가 있었다.

"이런, 월천(月天)께서 계실 줄은 몰랐습니다. 알았더라면 나중에 들어왔을 텐데요."

구화랑이 급히 한쪽 무릎을 꿇고 고개를 숙였다.

월천이라고 불린 자.

백발의 머리칼을 지닌 노인이었는데, 인자함은 오간 데 없고 굉장히 거친 인상을 주는 얼굴의 소유자였다.

'저 노인은······.'

나 역시 놀랄 수밖에 없었다.

저 노인은 내게 자신을 나찰이라 소개하고 '탈혼무정검'을 넘기며 죽었던 자이기 때문이다.

77계층, 「염증의 계(界)」를 홀로 오르고 있을 때였다.

인류가 나찰산을 탐험한 건 최대 81계층까지다. 공식적으로는 그랬다.

나는 나 혼자서 오를 수 있는 계층을 알아보고자 도전을 해보는 와중이었고, 78계층까지는 탐험하는 데 성공했다. 77계층에서 나찰 노인을 만난 것도 78계층의 대기를 다루는 거대한 괴물, '염암수'에 가로막혀 돌아가는 와중의 일이었다.

당시의 노인은 상처가 많았다. 당장 죽어도 이상하지 않을 만큼. 누군가에게 당한 듯 보였으며 매우 절박한 태도로 내게 탈혼무정검의 검술서를 넘긴 것이다.

"차라리…… 네놈이 가져라! 이 또한 운명이고 인연일지니!"

물약을 사용하고, 치료 계열 스킬도 써봤지만 노인에겐 통하지 않았다. 동시에 서쪽에서 몰려오는 검은 구름은 척 보기에도 심상치 않았다.

"가라! 저들은 '찬탈자'인 너를 찾지 못할 것인즉!"

등이 떠밀려서 어쩔 수 없이 노인을 뒤로한 게 기억난다. 이후 탈혼무정검이 평범한 검술서가 아니라는 걸 깨닫고 미친 듯이 익혔다.

노인이 읽고 있는 책도 눈에 익었다.
'탈혼무정검?'
같은 이름. 생김새마저 비슷하게 생긴 책을 노인이 읽다가 다시 서고에 꽂아 넣었다. 그다지 중요한 게 아니라는 듯이.
"괘념치 마라. 내가 다른 이를 들이지 않으려고 했다면 백원후들부터 이곳에서 쫓겨났을 것이다."

꽤 살벌한 인상과는 달리 푸근한 음성이었다.

구화랑이 슬쩍 고개를 들었다.

"감사합니다. 그런데 월천께서 서고에 계시다니, 보기 드문 일인 것 같습니다."

"모든 무학이 이곳에 모여 있다. 계속해서 읽다 보면 새로이 깨닫는 게 생기기도 하지. 나는 자주 오지만 네가 자주 오지 않기에 못 본 것이야."

구화랑이 정곡을 찔린 듯 머리를 긁적였다.

"아아…… 하긴, 이곳의 공기를 맡고 있노라면 현기증부터 드는 게 깨달음의 증상 같기도 합니다."

"쯧쯧, 그냥 글자를 읽는 게 싫은 것이겠지. 요즘 야차들은 '겉'만을 이해하고 '속'을 파고들려 하지 않는다더니. 너를 보니 알겠구나."

"하하. 칭찬으로 듣겠습니다."

"능구렁이 같은 것만 화천을 닮아선."

웃는 얼굴에 침 뱉을 수 없다고, 구화랑이 헤죽거리며 웃자 월천은 그저 고개만 저어 보일 따름이었다. 그러고는 시선을 돌려 나를 바라봤다.

"이 아이는? 처음 보는 거 같은데."

"월천께선 아직 못 들으신 모양이군요. 요즘 이 녀석 때문에 나찰각이 떠들썩합니다."

"흐음, 승천자의 망토를 지닌 걸 보니 야차가 나찰의 의식을 행한 모양이구나."

"알아보시겠습니까?"

그의 눈썰미는 날카로웠다. 전신에서 소름이 돋았다. 내 기억 속의 노인은 온통 상처를 입은 데다 절박한 눈빛을 짓고 있어서 몰랐지만, 지금 눈앞에 있는 월천이라는 나찰은 마주하는 것만으로도 또 다른 '벽'을 느낄 수 있었다.

조심스럽게 심안을 열었다.

이름: 월천(value-919,500)

직업: 십이나찰

칭호:

● 월천(9Lv, 모든 능력치+5)

능력치:

힘 101(96+5)s 민첩 102(97+5)s 체력 100(95+5)s

지능 101(96+5)s 마력 110(100+10)s

잠재력 (484+30/493)

특이 사항: 나찰계의 12계층을 다스리는 나찰입니다. 십이천(十二天) 중 월천(月天)의 이름을 이었습니다.

스킬: ???

착용 중인 장비: 승천자의 장갑(마력+5)

스킬을 제외한 모든 걸 엿보는 게 가능했다. 심안(9Lv)의 권능으로 볼 수 있는 마지노선과 가까운 듯싶었다.

작게 경악했다.

분명히 데몬로드에는 못 미치지만, 그 바로 아래 급은 될 정도로 강력하기 짝이 없는 능력이었다.

우리엘 디아블로의 능력치 총합이 555. 월천은 514였다. 다른 부분에서도 차이가 조금씩 나기는 하겠지만 '이종족'의 틀에서 이만큼 압도적인 존재를 나는 본 적이 없었다.

단 한 명, 엘프 여왕을 제외하곤 말이다.

그런데 십이천 중 하나를 이었다고 하였다. 이런 자가 이곳에 12명이 있다는 뜻이었다.

동시에 의문도 생겼다.

이런 강자를 대체 누가 죽일 수 있는 걸까? 과거의 월천은 분명히 다른 이에 의한 치명상을 입고 있었다. 죽기 직전까지 몰릴 정도로 처참했다.

월천이 흥미롭다는 눈빛으로 나를 바라보며 말했다.

"다른 나찰들이 이번 '성혼 쟁탈전'을 주목하고 있는 이유가 있었군."

"월천께서도 이번 기회에 '계승자'를 두는 게 어떻겠습니까?"

"나를 만족시킬 정도의 아이가 나오거든 고려해 보마."

"제가 태어나기 전부터도 그러셨다고 하던데요. 소문이 자자합니다. 월천께서는 절대로 계승자를 두지 않는다고."

"입 가벼운 놈들이 말을 함부로 흘리고 다닌 모양이지?"

분위기가 급격히 식었다.

구화랑이 급히 양손으로 자신의 입을 봉했다. 말실수를 한 걸 깨달은 것이다.

이윽고 월천이 구화랑의 어깨를 툭툭 치며 자리를 이동하기 시작했다.

"나는 가 볼 터이니, 사고는 치지 마라. 특히 네 동생 말이다."

"하하, 그 녀석은 이미 제 손을 벗어난지라……."

스릉!

검은 안개가 바닥에서 솟아나 월천의 몸을 감쌌다.

그러고는 완전히 자취를 감췄다.

"하! 여전히 귀신같은 술법이시군. 공간이동술을 저처럼 자유롭게 구사하는 분은 월천뿐일 거야. 아, 이 녀석아. 이제 숨 쉬어도 된다."

후아아아아!

구화랑의 말이 기폭제가 됐다. 막혀 있던 숨을 겨우 몰아쉴 수 있었다.

내가 숨을 멈추고 있던 걸 그제야 깨달았다. 지금의 내 능력으로는 마주할 수 없는 '벽'과 마주했기 때문일까.

"너는 운이 좋다. 월천께선 매우 바쁘셔서 다른 분들보다 보기가 힘들거든."

"나는…… 책을 읽겠다. 이곳이 마음에 드는군."

정신을 다잡고 구화랑에게 말했다.

구화랑은 피식 웃으며 입을 열었다.

"이곳을 처음 찾은 야차들은 모두 너와 같은 말을 하지. 그러고는 길어도 3일이면 포기하고 바깥으로 나와서 백원후와 주먹다짐을 한다."

야차들은 글자와는 별로 안 친한 것 같았다.

내가 서고를 살피는 모습을 보이자, 구화랑이 어깨를 으쓱했다.

"하여간 내 안내는 여기까지다. 남은 34일간은 네 마음대로 하도록."

구화랑이 길게 하품을 내뱉곤 몸을 돌려 서고를 벗어났다. 자신이 맡은 바 일은 여기까지라는 것처럼 선을 그은 것이다.

나는 즉시 월천이 읽었던 책 한 권을 꺼냈다.

탈혼무정검.

분명히 내가 익힌 것과 똑같은 이름의 책이었다.

'내용이 다르군.'

하지만 내용이 미묘하게 달랐다.

게다가 12성이 아닌 10성까지밖에 없었다.

왜 같은 이름이면서 차이가 나는 건지, 그리고 월천이 왜 이 책을 관심 있게 쳐다보고 있었던 건지 약간의 의아함이 생겼다.

'다른 책들도 봐야겠다.'

세상의 모든 무학(武學)이 이곳에 모여 있는 것 같았다.

이곳은 노다지였다. 하늘이 내려준 기연이고, 놓쳐선 안 될 기회였다.

나는 바로 자리에 앉아서 책들을 독파하기 시작했다.

천하군림보, 야수철혈권, 천마심법.

거창한 이름의 기술서들이 끝도 없이 나왔다.

그리고 그만한 이름을 가질 만한 놀라운 내용들이 수록되어 있었다.

이처럼 체계적이고 기술적으로 무술을 남겨놓은 책은 과거에도 거의 없었다. 인류는 책이 아닌 스킬로 마법이나 기술을 익혔고 배웠으므로.

정작 스킬을 사용하면 마력이 어떤 식으로 움직이는지조차 모르는 사람이 부지기수였다. 그야말로 '겉핥기'라는 뜻.

나 역시 마찬가지였다. 나는 다르다고 생각했지만 이 서고에 들어와서 수많은 책을 보며 내 자신이 얼마나 무지했는지 깨달을 수 있었다.

'이처럼 체계적이라니…….'

놀랍다. 놀라움의 수준을 벗어나서 경이롭다.

이들이 말하는 차크라, 우리가 말하는 마력. 둘은 분명히 같은 것이었다. 하지만 이들은 그 차크라에 대한 연구를 게을리하지 않았다. 내면적으로, 보다 깊이 있는 탐구를 실행했다. 깨달음, 구도와 같은 것들을.

반면에 인류는 과학적으로 접근했다. 당연히 제대로 된 결과가 나올 수가 없었다.

신세계가 열렸다.

구화랑은 3일이면 포기하고 바깥으로 나갈 것이라고 호언장담했지만, 먹는 것과 마시는 것조차 줄여가며 책을 읽는 데 몰두했다.

백원후들이 먹을 것과 물 등을 가져다줬지만 손도 안 댈 때가 많았다. 잠도 오지 않았다. 그러기엔 지금 내 주변에 놓인 것들이 너무나도 대단했던 탓이다.

이 서고의 것들을 그대로 머릿속에 담아서 나갈 수만 있다면, 수많은 '초인'의 탄생이 훨씬 빨라질지도 모른다.

'확실한 건 검법이나 권법, 보법 등은 심법에 기초한다는 거다.'

심법. 마음의 공부. 그리하여 차크라를 쌓는 방법이었다.

동시에 내가 왜 탈혼무정검을 9성까지밖에 익힐 수 없었는지, 그 해답을 찾았다.

'짝이 되는 심법서가 없어.'

확실한 건 이곳에 있는 모든 검법보다 '탈혼무정검'이 우위에 있다는 것이다. 아니, 탈혼무정검은 검법을 비롯한 모든 기술서의 기초를 담고 있었다. 그래서 나는 수많은 책을 읽는 족족 '이해'할 수 있었다.

하지만 탈혼무정검도 결국엔 반쪽이다.

탈혼무정검에 걸맞은 심법이 없었다.

수천 종의 심법이 존재하지만 탈혼무정검에 딱 들어맞는 심법은 존재하지 않았다.

정말로 없는 걸까?

아니면…….

'월천, 그라면 알고 있을까.'

마음이 동했다.

하지만 쉽사리 밝힐 수도 없었다.

내가 진짜 탈혼무정검을 익혔다는 걸 알리려면 과거로부터 돌아왔음을 인지시켜야 했다. 그 과정에서 일어날 월천의 행동을 나는 전혀 예측할 수 없었다.

죽일 가능성이 높은 건 확실했다. 과거의 월천은 탈혼무정검을 필사적으로 내게 넘기려고 하였다. 누군가로부터 숨기려고 그런 거다.

아마도 그의 죽음 역시 탈혼무정검의 진본과 엮여 있을 가능성이 높았다. 그래서 보다 신중하게 다가갈 필요가 있었다.

'계승자. 그의 계승자가 되면 알 수 있을 거다.'

성흔 쟁탈전이 무엇인지 아직도 제대로 감이 잡히지 않았다. 하지만 그 쟁탈전을 통해서 나찰들이 '계승자'를 찾는다는 건 인지하고 있었다.

월천. 그 역시 말하지 않았던가. '마음에 드는 이가 있다면 고려하겠다'고.

그가 나를 계승자로 선택하면, 어쩌면…… 탈혼무정검의 짝인 심법을 알 수 있게 될지도 모른다. 아니면 그와 관련된 작은 실마리라도 찾을 수 있을 터.

나는 계속해서 책 속에 파묻혔다.

남은 책이 많았다.

어쩌면 내가 놓친 부분이 있을지도 모른다.

그리고 이곳에 있는 모든 무학은 다른 야차나 나찰의 '기본'이 되는 것들이었다. 이곳의 모든 무학을 탐독하고 이해하면 다른 야차를 상대할 때 훨씬 수월할 거란 뜻이었다.

동시에 나는 내가 익힌 것들을 되새기고, 앞으로 익혀야 할 것들을 찾아나갔다. 반드시 기억해야 할 것들을 분류하고 머릿속 저장고에 담아두었다.

'백보신권, 금강불괴. 이 두 가지는 반드시 익혀야겠군.'

입안이 말랐다. 눈이 붉게 충혈되었지만 개의치 않았다.

이런 기회가 또 언제 주어질지 모른다. 나는 내게 더없이 충실한 시간을 보내고 있었다.

"봐봐. 나왔어."

"샌님이 드디어 서고에서 발을 뗐군."

"승천자의 의식을 끝낸 야차라지? 어디 실력 좀 볼까."

모든 야차의 시선이 대련장의 한곳으로 모였다.

오한성. 승천자의 의식을 해결한, 모든 소문의 중심에 있는 야차!

그가 3급의 백원후 앞에 섰다. 3급이면 대련장에서 가장 낮은 급수이고 전사의 의식을 행한 야차라면 기본적으로 모두 상대할 수 있는 수준이었다.

"푸하하! 뭐야, 장난해?"

"발 꼬이는 거 봐. 설마 저걸 백보신권이라고 하는 건가?"

"취권이겠지!"

하지만 보여준 모습은 형편없었다.

야차들은 저마다 비웃음을 내뱉으며 혀를 찼다.

발이 꼬이는 건 기본이고 3급 백원후 한 마리조차 제대로 상대하지 못하고 있었다.

때리기는커녕 얻어맞고만 있으니, 무력을 숭상하는 야차들 입장에선 비웃음이 나올 수밖에 없었다.

소문이 과장된 걸까? 아니면 승천자의 의식이 고작 저 정도 야차조차 해결할 수 있을 정도로 별게 아닌 건지.

"화린아, 봐봐. 진짜 웃기다."

"크큭! 설마 우리를 웃기려고 저러는 건 아니겠지?"

하지만 관심 없어 하는 야차가 유일하게 한 명 있었다.

붉은색의 긴 머리를 지닌, 구화린이라 불린 여자 야차는 그를 한 번 쳐다보곤 고개를 휙 돌리며 말했다.

"약골은 관심 없어."

저 정도 무력, 저 정도 움직임…… 이곳에 있는 가장 약한 야차보다도 못하다. 승천자의 의식을 통과했다고 하여서 기대했지만 결국에는 소문이었던 것이다.

'검은 야차라는 것도 다 부풀려진 이야기겠지.'

구화린은 확신했다. 고대로부터 전해져 온, '검은 야차'에 대한 무서운 이야기들. 그것들은 그저 다른 야차들의 경각심을 일으켜 세우고자 만들어진 허상이라고.

대신 구화린의 시선은 온통 한 여인에게 쏟아져 있었다.

쿠아아아아－!!

원후왕. 대련장에 있는 모든 백원후 중에서 유일하게 '왕'의 이름을 단 거대한 짐승이 소리를 내질렀다. 대지가 들썩이고 모두가 숨을 죽였다.

그 앞에 아름다운 남색의 머리칼을 지닌 여인이 조용히 서 있었다.

"역시 천랑가(天狼家)의 소가주야. 원후왕 앞에서도 꼼짝을 안 하잖아."

"천랑가가 옛날에 비하면 세가 많이 기울었다지만, 괜히 그녀를 보고 '천랑의 마지막 자존심'이라고 부르는 게 아니지."

"아름답다. 아름다워!"

대련장에 있는 대부분의 야차가 행동을 멈춘 채 그녀를 주목했다. 유설. 전사의 의식을 이제 막 끝낸 야차 중에서 원후왕을 상대할 수 있는 이는 다섯 손가락에 꼽았다.

그녀의 천령신권은 뭐랄까. 절제되어 있지만 아름다웠다. 움직임 자체에 기품이 묻어 있었다. 한없이 빠르고 강했으며 딱딱할 것 같으면서도 부드러웠다.

쿠와아앙!

원후왕이 그동안의 설움을 갚겠다는 듯 주먹을 내질렀다. 무지막지한 권이었다. 그저 내뻗는 것만으로도 거대한 풍압

이 생겼다. 맞았다간 묵사발이 되어도 이상하지 않으리라.

유설은 그 주먹을 비스듬하게 쳐냈다. 압도적인 힘의 차이를 자연스럽게 흘려 버렸다. 그러고는 그대로 몸을 돌려 원후왕의 팔꿈치를 찍었다.

원후왕의 거대한 팔이 일순간 꺾였다. 정확히 관절 부위를 노린 것이다.

크라아아아악!

비명을 지른 원후왕이 양팔을 벌려 유설을 잡으려고 했다. 하지만 유설의 움직임은 마치 흐르는 물과 같았다. 잡히지 않고 그 사이를 뚫고 지나가는 잔잔한 물결.

"날이 갈수록 강해지는군. 이화접목이 수준급이야."

"괜히 오룡(五龍)이라 불리겠어? 그중에서도 암룡(暗龍)이 제일이라!"

"에이, 아무리 그래도 무백보단 아니지. 무룡(武龍) 앞에선 암룡도 두 수는 접어야 할걸!"

"뭐, 어쨌든 이번 쟁탈전의 우승자는 그 다섯 중에 나오겠지. 대라선께서 직접 보상을 내리신다던데. 용과 보패를 줄 거란 소문이 무성해."

설왕설래했다.

그사이, 유설의 주먹이 다시금 원후왕의 가슴에 닿았다.

쿵!

짧고 강력한 소리. 일전과 달리 원후왕이 바닥을 나뒹굴거나 날아가진 않았다.

대신…….

스르륵!

쓰러졌다. 기절한 것처럼 보였다.

작은 백원후들이 쪼르륵 몰려들어 원후왕의 뺨을 때리거나 감긴 눈꺼풀을 들어 올렸다. 그러고는 열댓 마리가 원후왕을 양손으로 들고는 어딘가로 이동하기 시작했다.

"결판났군."

"오룡들을 상대하려면 원후왕이 아니라 진짜 원후제(猿猴帝) 정도는 되어야 할걸."

"에이, 아무리 그래도 원후제는……."

유설은 한 차례 주먹을 털어내곤 유유히 이동하기 시작했다.

그러자 작은 백원후 몇 마리가 길고 큰 남색의 용이 그려진 우산을 들고는 유설에게 씌워주었다.

유설이 성큼성큼 대련장을 벗어났고, 그를 바라보던 구화린은 눈살을 찌푸렸다.

"도도한 척하는 거 봐."

"화린 아가씨가 더 강한데 말이죠."

"흥, 천령신권보단 적혈마검이 훨씬 강하지. 원후왕 좀 쓰러뜨린 거로 난리는!"

대련이 끝나자 구화린 주변의 여자 야차들이 입을 놀렸다. 하지만 구화린의 표정은 변하지 않았다.

인정하기 싫지만, 모든 야차가 유설의 움직임을 주시할 수밖에 없었다.

홀린 듯이.

그것은 구화린 자신도 마찬가지였다.

저들이 하는 말이 빈말이라는 것 역시 알고 있었다. 구화린 그녀도 '오룡' 중 '적룡'으로 이름을 올리긴 했지만, 어디까지나 구화랑. 화련대의 대주인 자신의 오빠 덕임을 안다. 실력은 오룡 중에서도 말석이었고 유설처럼 원후왕을 시원하게 쓰러뜨릴 수도 없다.

'성흔 쟁탈전이 시작되면…… 그때는 반드시.'

구화린의 눈에서 불꽃이 치솟았다. 이제 시작일 뿐이다. 구화린 그녀는 실전에 강했다. 목숨을 건 대결이라면 지지 않을 자신이 있었다.

슬쩍 고개를 돌리자, 소문만 무성했던 야차가 여전히 3급의 백원후에게 얻어맞고 있는 모습이 보였다.

"하하! 여전히 몸으로 웃기고 있군."

"저러다간 한 대도 못 때리겠다."

"정말 백보신권 맞아?"

기대를 안 했다면 거짓이다.

하지만 실제로 보니 한심스럽기 그지없었다.

조금 괜찮은 모습을 보여주면 자신의 조로 영입을 하는 것도 고려하려 했지만……

'약골!'

현실은 완전 반대였다. 기대 미달.

아예 신경을 접었다. 저런 야차가 자신의 조에 들어오면 발목만 잡을 것이다.

'어렵네.'

백보신권. 주먹으로 치는 게 아니다. 주먹을 뻗어 마력을 폭발시키는 것이다. 그리하여 백 보 밖의 돌덩이를 순식간에 부숴야만 진정한 백보신권이라 할 수 있었다.

내가 백보신권을 고른 건 다른 이유가 아니다. 마력의 미세한 조정에 있어선 꽤 자신이 있었기 때문이다. 무한으로 순환하는 나선형의 마력은 누구보다 미세한 조정이 가능하게 해줬다.

하지만 이론과 실전은 달랐다.

'매일 이러다간 맞아 죽겠군.'

마지막엔 턱을 맞고 기절했다. 정확한 타격에 뇌가 일순

흔들린 것이다.

다시 눈을 떴을 땐 치료실이었다.

'첫술에 배부를 순 없지.'

하지만 이제 겨우 첫술을 떴을 뿐이다. 벌써부터 실망할
필요는 없었다.

나는 치료실을 벗어나 배정된 방으로 들어섰다. 구화랑이
떠난 이후 백원후가 안내해 준 나의 방이었다.

50평 정도로 꽤 넓은 장소였다. 내부는 살풍경이었지만 발
뻗고 누울 수만 있으면 됐다.

'내 움직임에도 아직 군더더기가 많다.'

몸이 굳어 있었다. 반응도 느렸다. 절실하게 느끼는 중이
었다.

"이타콰."

공간의 보석을 꺼내고 이타콰의 이름을 부르자 작은 빛과
함께 내 앞으로 녀석이 나타났다.

방은 사방으로 막혀 있었고, 유일한 통로는 정면의 문 하
나뿐이었다. 누군가가 쉽게 감시할 수 없는 구조기에 서슴없
이 이타콰를 꺼낼 수 있었다.

크렁!

건강했다. 50만 계단을 오른 뒤 쓰러졌다고는 생각할 수
없는 활력이다. 나는 그곳에서 '승천자의 망토'를 얻었고, 이

타콰도 계단을 오르고 한계를 돌파하여 보상을 받았다.

'선단을 얻고, 먹었지.'

선단이 뭔지는 나도 모르겠다. 영약과 비슷한 종류인 것 같은데 나도 심안으로 상태창을 확인한 다음에야 알 수 있었다.

이름: 이타콰(value-264,300)

종족: 백룡(白龍)

칭호:

- 태풍의 울음(9Lv, 민첩+15)

능력치:

힘 61ss 민첩 56(41+15)s 체력 45s

지능 37a 마력 33b

잠재력(217+15/487)

특이 사항:

-성현의 가호, 거대한 태풍의 울음을 이어받았습니다.

-사용자와의 강력한 신뢰의 관계가 형성되었습니다.

-선단(仙丹)을 섭취했습니다.

전체적으로 능력치가 상승했지만, 미묘하게 바뀐 부분이 있었다.

바로 마력의 성장 가능성이다.

그래 봐야 c에서 b가 된 데에 그쳤지만 없는 것보단 나았다. 잠재력도 미묘하게 상승했다. 2.

'엄청나군.'

하지만 나는 놀라고 있었다. 이미 이타콰의 잠재력은 485로 '엄청나게' 높은 축이었다. 사실상 더 이상 오를 곳이 없다는 의미다. 이곳에서조차 십이나찰 중 하나인 '월천'을 제외하곤 이타콰보다 높은 잠재성을 가진 이는 없었다.

당연한 말이지만, 수치는 높을수록 올리기가 힘들어진다. 그런데 485라는, 거의 절정에 이른 상태에서 무려 2가 올라갔다.

과거 내가 먹었던 어떠한 영약도 저만한 변화를 일으키진 못했다. 잠재력이 낮은 이가 먹었다면 거의 10~20은 올랐을 거란 뜻이다.

"일단 먹어라."

큰 그릇 몇 개를 넘겼다.

백원후에게 부탁한 음식들이 이미 방 안에 들여져 있던 덕분이었다.

물론 이곳에서 먹는 음식이라고 해봐야 대부분 풀이나 과일, 미량의 고기가 전부였다. 최소한으로 조리되어 자연의 맛 그대로를 느낄 수 있다는 장점은 있지만 이타콰의 위장을 모두 채워주진 못했다.

순식간에 그릇들을 비운 이타콰가 쩝쩝대며 아쉬워했다.

처음 봤을 땐 2m의 신장이었지만, 지금은 거의 3m에 이른다. 그 사이에 1m가 컸다.

이대로 계속 크면 숨기는 게 불가능해질 것이다.

"너는 좀 적게 먹어야 할 필요가 있다."

꾸우웅.

이타콰가 꼬리를 내렸다.

하기야 치사하게 먹는 거로 뭐라 하긴 조금 그랬다.

나는 이타콰를 다시 숨긴 뒤 백원후들을 불러 음식을 더 부탁했다. 내 비정상적인 식사량에 백원후들이 눈을 휘둥그렇게 떴다.

이어 놀 워리어들도 먹이고 나서야 다음 단계로 나아갈 수 있었다.

'마력을 표출하고 폭발시킨다.'

거대한 대야에 물을 떠 왔다. 그리고 마보를 취했다.

양다리를 넓게 펼친 채 그대로 대야의 물을 향해 지르기를 펼쳤다.

철썩!

물이 넘쳤다. 백보신권이 가능하게 하려면 물이 넘쳐선 안 된다. 물은 고요하고 대야가 뚫려야 백보신권의 시작을 성공적으로 하는 셈이었다.

'어떻게 물을 쳐서 대야를 뚫지?'

물을 때리는 순간 반발력으로 물이 거세게 솟아오를 수밖에 없다. 조용히 마력을 흘려서 대야의 밑 부분만 뚫기는 불가능하다.

주먹을 지르고, 지르고, 또 질러봐도 마찬가지였다. 주변이 삽시간에 물로 흥건하게 젖었다.

꾸웅?

놀 워리어들을 먹는 척하며 놀던 이타콰가 이번엔 나를 유심히 쳐다봤다.

반나절동안 물만 내려치고 있으니 '저게 뭐하는 짓인가' 싶긴 할 터였다.

"너도 한번 해볼 테냐?"

끄덕끄덕!

이타콰가 고개를 주억거렸다.

내가 물이 가득 찬 대야를 넘기자, 이타콰가 꼬리를 내려쳤다.

첨벙!

당연히 물이 넘쳤다.

"물이 넘쳐선 안 된다. 마력을 응축시켜서 대야의 바닥을 뚫어야 해."

첨벙! 첨벙!

물장난이 따로 없었다.

이타콰가 고개를 갸웃했다. 내 고민이 녀석에게 옮겨 간 듯싶었다.

이타콰가 꼬리를 일자로 세웠다. 일점(一點)으로 만든 후 그대로 물을 내려치자 쿠웅! 소리와 함께 물이 소용돌이를 일으켰다.

동시에 대야의 바닥이 뚫렸다.

"……약간 다르긴 하지만 비슷하군."

크릉! 크르릉!

이타콰가 고개를 꼿꼿하게 폈다. 더 자신을 칭찬하라는 듯이.

나는 뚫린 대야를 들고 멍하니 쳐다봤다.

'일점. 무게중심을 옮기고 침을 쏘듯 한순간에…… 답은 폭발이 아닌 회전에 있다.'

잠시지만 이타콰가 꼬리에 집중시킨 마력이 미친 듯이 회전했다.

답은 거기에 있었다. 순환. 백보신권 역시도 순환의 연장선이었던 것이다. 며칠간 이어진 내 고민을 이타콰가 단숨에 풀어버린 건 배가 아팠지만, 나쁜 일은 아니었다.

"이타콰."

크릉?

녀석이 고개를 갸웃했다.

나는 확신했다. 혼자 익히고 움직이는 것보다 다른 이를 가르치며 확실하게 익히는 게 도움이 될 때가 많았다. 하물며 이타콰가 함께한다면 내가 몰랐던, 놓쳤던 부분을 더 쉽게 잡을 수 있을 것이었다.

가볍게 미소 지으며 입을 열었다.

"함께 배우자, 백보신권."

나는 사흘 연속 대련장을 찾았다.

"또 왔네."

"보나 마나 또 기절해서 실려 나가겠지."

"질리지도 않나?"

세 번 도전했고 세 번 다 기절해서 치료실로 실려 갔다.

3급의 백원후. 나보다 조금 작은 신장을 지닌 원숭이 녀석이 끽끽대며 비웃음을 흘렸다.

나는 가만히 자세를 잡았다.

키킥. 끼야악!

그러자 백원후가 움직이기 시작했다.

족히 5m가량을 뛰어올라 태양의 빛으로 자신의 신체를 가렸다. 위를 쳐다보면 눈을 찌푸리거나 감게 되고 그 틈에 공격을 하는 수법이다. 벌써 여러 차례 경험한 바가 있었다.

나는 아예 눈을 감았다.

그리고 일점(一點)에 모든 걸 모아, 주먹을 질렀다.

백원후의 등 뒤에 달린 날개가 움직이며 주먹을 피해냈지만, 애당초 백보신권은 '때리는' 기술이 아니다. 직접 닿지 않고도 백 보 바깥의 적을 묵사발 내는 기술이 백보신권이었다.

쿵!

짧고 묵직한 소리. 그와 동시에 백원후가 바닥을 나뒹굴었다.

끼익! 끼긱! 끼기긱!

3급 백원후가 고통에 신음을 흘렸다.

그 모습을 보고 나는 가만히 고개를 끄덕였다.

'됐다.'

장장 나흘 만에 백보신권의 기초를 익혔다.

기초. 말 그대로 토대가 되는 부분을 학습한 것이다. 비록 당장의 파괴력은 약할지 몰라도 백보신권의 원리를 깨달았으니 나머진 점차 넓혀가면 되었다.

동시에 야차들의 야유도 멈췄다.

애당초 신경도 안 쓰고 있긴 했지만 갑작스러운 정적이 찾아온 것이다.

"방금 내가 잘못 본 건가?"

"잘못 본 거겠지. 제대로 된 백보신권을 백원후가 맞았으면 전신이 터졌을걸."

"그냥 단순한 발경인 거 같은데."

하지만 이윽고 각기 다른 의견들이 나왔다. 백보신권의 원리가 발경, 그중 침투경에 있으니 마냥 틀린 말은 아니었다. 다리에서 허리, 허리에서 손으로 이르러 순간적인 힘을 가하는 게 발경이었고 침투경은 발경의 상위 단계로 내부만을 진탕시키는 기술의 이름이었다.

하나 누구도 내가 침투경을 행했음을 인정하지 않고 있었다. 모든 무학을 통틀어 침투경의 묘리는 굉장히 어려운 편에 속해 있었기 때문이다.

나 역시도 순환의 원리와 나선형의 마력이 아니었으면 4일이 아니라 400일이 걸려도 성공하지 못했을 것이다.

'실전에서 먹히는군.'

바닥을 내뒹구는 백원후. 제대로 된 백보신권이었으면 말 그대로 신체가 터져 나가야 했다. 일점 타격엔 성공했지만 장기를 뒤흔들고 폭사시킬 만큼 마력의 집중이 제대로 되지 않았다는 뜻이다.

한 번의 실행으로 마력이 주욱 빠져나간 기분이었다. 64에 다다르는 마력 중 반의 반의 효율조차 못 보인 느낌.

그러나 낙담보단 성취감이 더욱 컸다.

내가 따라잡지 못했던 천재들. 그들은 이러한 원론적 기술들을 천부적으로 발휘할 수 있었다. 하나를 보면 열을 알고, 열을 알면 아예 새로운 경지의 장을 열어버리는 자들.

나는 이제 그들과 어깨를 나란히 한 셈이다. 적어도 기반은 갖췄다고 자신 있게 말할 수 있었다.

남은 건 연습. 실전을 방자한 연습뿐이었다.

"발경쯤이야 야차라면 기본적으로 할 수 있는 것이다."

"운이 좋군. 백원후가 방심만 안 했으면 저런 눈먼 주먹 따위 안 맞았을 텐데."

"나라면 눈 감고도 피할 수 있어."

악담은 하면서도, 누구도 쉽게 내게 다가오려는 야차는 없었다.

나는 대강 그 이유를 알았다.

'검은 야차의 인.'

얽히면 저주에 걸린다나. 고대라고 부를 정도로 오래전, 검은 야차의 인을 지닌 야차가 나찰 하나를 죽이고 야차들을 대량으로 학살한 일이 있다고 한다.

게다가 야차들은 자긍심이 매우 강했다.

이게 무슨 뜻이냐 하면, 척 보기에도 약한 놈에게 주먹을

뻗진 않는다는 것이다. 야차가 싸움을 거는 건 자신이 '호적
수'라고 인정한 대상에 한했다. 적어도 이곳 나찰각에서는
그랬다.

　모두가 전사였고, 스스로가 '야차'임을 자랑스럽게 여겼다.

　내가 어중간하게 강한 모습을 보였다면 대련을 거는 야차
가 많았을 것이다. 처음부터 3급 백원후에게 휘둘리는 모습
을 보고 그럴 의지마저 사라진 게다.

　다만, 승천자의 의식을 통과했다는 그 '기대감'이 무너지
며 악담의 주요 대상이 된 것 같았다. 물론 딱 거기까지였다.

　막상 싸워서 이겨도 창피하다고 생각하는 거겠지.

　'나로선 다행인 일이지.'

　기술을 연마해도 부족한 시간이다. 괜한 시비에 휘둘려 시
간을 버리는 것보단 차라리 '밑바닥'으로 인식해 주는 게 편
했다.

　'억지로 조를 이룰 필요도, 들어갈 필요도 없다.'

　성흔 쟁탈전.

　야차들은 그 싸움에서 승리하고자 벼르고 있었다.

　파벌을 만들고, 기 싸움을 하는 중이었다.

　그동안 내가 파악한 파벌은 모두 다섯 개.

　암룡 유설을 제외한 오룡(五龍)이라 칭해지는 강한 야차를
중심으로 하는 네 개의 집단과, 그에 대항하고자 만들어진

'중립' 성향의 집단이다.

나머지는 조에 들어가지 못했거나, 들어갈 생각이 없는 야차들뿐이었다.

그렇게 대략 1,500명가량.

조금 더 많거나 적거나 할 테지만 대충 그 정도 숫자였다.

'야차는 개인의 무력 능력치가 굉장히 판이하다. 게다가 잠재력도 인간과 비교하면 훨씬 더 평균치가 높아.'

각성한 인류의 잠재력 평균치는 250이었다. 야차는 350에 달했다. 이건 어디까지나 평균치의 이야기다. 야차는 유독 편차가 심했다.

물론 아무리 약한 야차라도 단순 능력치로 따지자면 지금의 나와 비슷한 수준이긴 하였다. 저들이 말하는 오룡은, 그야말로 '괴물'이었고.

'괜히 끼어들었다간 새우 등만 터지는 꼴이 될 수도 있지.'

그러니 무리할 필요가 없다. 서고에 있는 것들을 가져가는 게 나로선 훨씬 이득이었다. 마음 같아선 저 '쟁탈전'이라는 것에도 참전하지 않고 서고에 틀어박히고 싶었다.

어차피 나를 같은 조에 넣으려는 야차는 없을 것이었다.

내가 권유한다고 해도 들어올 야차가 있을 리 만무했다.

고로…… 그 시간에 나 스스로의 기술을 갈고닦는 게 훨씬 이득이라는 결론이 나온다.

애당초 나는 야차가 아니었으므로.

'다음은 금강불괴 차례군.'

백보신권의 기초를 익혔으니 다음으로 익힐 건 금강불괴였다.

금강불괴. 신체를 금강석처럼 단단하게 만드는 외공(外功)이다. 도검불침의 금강지체와 수화불침의 불괴지체를 합쳐서 말하는 건데, 제대로 된 금강불괴를 이루면 어떠한 물리적인 공격도 통하지 않게 된다고 한다.

이와 비슷한 스킬을 지닌 사람을 나는 한 명 알고 있었다.

'철왕. 그도 결국 죽었지.'

그가 익힌 스킬은 A랭크의 '강철 비늘'이었고, 무려 9Lv에 달했다. 하지만 그의 마지막은 압사였다. 크리스탈 골렘의 거대한 몸에 깔려서 죽었다. 단순히 피부를 단단하게 만든다고 해서 모든 공격으로부터 자유롭지는 않다는 방증이었다.

'금강불괴는 과연 다를까?'

하지만 적어도 금강불괴의 설명은 '강철 비늘'보다 대단했다. 책에 적혀 있는 금강불괴에 대한 이야기가 진실이고 경지에 이른다면 크리스탈 골렘이 아무리 밟아도 압사하여 죽지는 않을 것이다. 감히 외공 부분에 있어선 최고라고 할 만했다.

"다음."

나는 자리에 앉아서 놀던 2급 백원후를 바라보며 손가락을 까딱였다.

명백한 도발이지만, 이길 생각은 처음부터 없었다.

마력을 운용하며 고통에 익숙해질 것.

그게 금강불괴의 기초를 이루는 첫 번째 방법이었다.

전신이 탱탱 불었다. 치료실이 없었다면 그대로 맞아서 죽었을 것이다.

피멍이 안 든 곳이 없었고 오랜만에 주마등을 봤다.

아무리 생각해도 미친 짓이다. 죽기 직전까지 얻어맞으며 고통에 대한 내성을 키운다는 건, 정상적인 머리로는 나올 수 없는 방법이었다.

'왜 다른 야차들이 금강불괴를 익히지 않았는지 알겠군.'

기본적으로 개방된 서고다. 야차라면 모두가 들어가서 그곳의 책을 읽을 수 있다. 백보신권, 금강불괴가 좋은 건 그들도 알지만 왜 익히지 않았겠나.

그만큼 어렵기 때문이다.

백보신권은 순환에 대한 이해, 무한성에 대한 지식이 아주 없다면 시작조차 껄끄럽다. 차크라, 그러니까 마력에 대한 응용으로 어떻게든 기초를 뗄 수는 있겠지만, 심도 있게 파고들진 못한다는 뜻이다.

반면에…… 금강불괴는 어떤가.

'이건 죽어야 익힐 수 있는 무공이다.'

일단 맞아야 한다. 그러면서 마력의 운용을 쉬지 않아야 한다.

죽기 직전까지 맞고, 또 맞아서, 점점 한계를 늘려가는 것이다. 상식적으로 말이 안 된다. 아예 몸에 감각이 없는 사람이나 가능할 짓이었다.

그래서 감각을 없애는 약을 구해볼까 생각도 했지만 부질없는 짓이었다. 마력의 운용과 감각은 서로가 상호작용을 하고 있었다. 뼈가 부러지면 다시 붙으며 단단해지는 것처럼, 세포 단위로 마력을 투입시켜 강화해야 했다.

그래서 죽을 맛이었다. 진짜로 죽은 다음에야 익힐 수 있을지도 모른다. 하지만 포기할 생각은 없었다.

다음 날도, 그다음 날도 나는 대련장으로 향했다.

조금 익숙해진 뒤에는 백보신권의 연습도 함께했다.

"저놈도 참 별종이야."

"맞는 게 즐거운 거겠지."

"근성 하나는 인정해 줄 만하네. 저 근성으로 '승천자의 의식'도 통과한 건가?"

2급 백원후는 3급 백원후보다 훨씬 빨랐다. 경공을 사용하는 것 같았다. 마력을 담아서 공격할 줄 알았고, 내 공격을 흘려내는 방법도 알았다.

그리고 어디를 때려야 아픈지도 제대로 아는 듯싶었다.

퍽!

한참을 얻어맞다가 명치를 가격당했다. 어억, 하는 사이에 턱이 돌아갔다. 동시에 내 머리 위로 커다란 별이 떠올랐다.

"또 기절해서 실려 가는군."

"멍청한 건지, 생각이 없는 건지."

"머리가 나쁘면 몸이 고생한다고 그러더니 딱 그 짝이네."

쳇바퀴 굴리듯 같은 일과가 반복됐다.

아침엔 서고, 점심엔 대련장, 저녁엔 방으로.

방에서도 이타콰와 백보신권을 단련하거나 승천자의 망토에 대한 연구를 이어나갔다.

보통이라면 진즉에 무너졌어야 할 몸이지만, '정화의 흙'은 정말 놀라울 정도로 회복력을 올려줬다. 덕분에 매일매일 맞을 수 있었다.

그러자 조금씩 고통에 내성이 생기는 것 같았다. 2급 백원후에게 얻어맞다가, 그걸로는 부족함을 느끼고 1급 백원후에게 달려들었다.

정말로 죽을 뻔했다.

주먹 한 방에 신체가 날아가 담을 무너뜨렸다.

하지만 오뚝이처럼 일어나자 백원후와 야차들이 기겁하며 바라보기도 했다.

'이제는 여기가 집 같고 그렇군.'

오늘도 마찬가지였다.

나는 치료실에서 눈을 떴다.

나찰각에 들어오고 보름가량이 흘렀지만, 처음 눈을 뜬 곳이 이곳이니 나갈 때도 이곳을 통해 나갈 것만 같은 기분이 들었다.

스으윽.

그때, 누군가가 옆에서 일어나는 소리가 들렸다.

자주 치료실을 방문했으나 나 외에 다른 이가 치료를 받고 있는 모습은 거의 못 봤다.

이에 고개를 돌리자 꽤 익숙한 얼굴을 볼 수 있었다.

'유설.'

오룡 중 하나인 암룡. 그녀는 하얀색의 얇은 천 하나만을 몸에 걸치고 있었다. 그리고 그녀도 나를 멀뚱히 쳐다보는 중이었다.

'원후왕과 싸우다가 다친 건가?'

유설도 원후왕을 상대로 100% 이기진 못했다. 8할 정도의 승률이긴 했지만 원후왕이 간소한 차이로 이길 때도 분명히 있었다. 나름 유심히 보고 있었기에 알았다.

하지만 그녀는 전용 치료실이 있다고 들었다. 천랑가의 가문에서 특별히 준비한 특제 치료실이. 굳이 이곳까지 올 필요가 없다는 의미였다.

"……어깨에 힘을 더 빼세요."

등을 돌린 유설이 그 한마디만을 남기고 치료실을 벗어났다.

'뭐지?'

나는 잠시 멍하니 있을 수밖에 없었다.

지금 저 말, 나한테 한 걸까?

하지만 치료실엔 나 외엔 없었다.

어깨에 힘을 빼라니.

'조언, 인가?'

그녀는 권사였다. 주먹질에 있어선 타의 추종을 불허했다.

하지만 그녀가 말하는 건 처음 봤다.

고고하고 신비한 늑대 같은 이미지가 머릿속에 박혀 있었건만.

목소리는 조용했지만 뇌리에 쏙 박혔다.

'어깨, 어깨라.'

나는 곰곰이 턱을 쓸었다.

그러고 보면 맞아야 한다는 생각에 조금 움츠러드는 경향이 있는 것 같았다. 어깨에 힘이 들어가서 백보신권이 제대로 안 펼쳐지는 것이다.

'아무튼 고맙군.'

듣고 나서야 알았다.

나는 유설이 나간 문을 바라봤다.

왜 내게 조언을 해준 건지는 모르겠지만, 덕분에 내게 부족한 게 무엇인지 알 수 있었다.

'수련이 끝났다고 전부가 아니다. 전투의 내용을 복기해야 돼. 그래야만 다음부턴 이런 실수를 안 하게 된다.'

만약 잘못된 습관이 자리 잡혔다면 고치는 데 시간을 낭비했을 것이다.

그래서 복기(復棋)가 중요하다. 제대로 전투의 내용을 복기했다면 그녀가 말해주지 않아도 나 스스로 이해했을 터였다.

되새기자. 그리하여 나아가자. 한 발자국 돌아간다고 전진하는 걸 멈추는 건 아니다. 그 중요성을 알고 있었음에도 나 스스로 '이쯤 하면 되었지'란 생각이 있었나 보다.

명백한 실수였다.

동시에 몸이 달아올랐다.

늦은 저녁, 나는 홀로 대련장을 찾았다.

야차는커녕 백원후 한 마리도 보이지 않았지만, 나는 움직였다.

　끊임없이 스스로를 채찍질했다.

　나약해지려는 자신을, 타협하며 합리화하려는 자신을.

　그러자…….

　[스킬 '백보신권(1성)'을 익혔습니다.]

　[스킬 '금강불괴(1성)'를 익혔습니다.]

　변화가 생겼다.

　이해하고, 깨달으며, 행동으로 옮겼기에 달라진 것이다. 온전히 '나의 것'이 된 것이었다.

　고즈넉한 보름달 아래.

　역시 모든 일은 마음먹기에 달렸노라고 생각하며, 나는 움직이는 것을 멈추지 않았다.

14장
심연의 깊이(1)

　보통의 '스킬'들은 그저 생각하거나 입에 담는 것만으로도 발동이 되곤 한다. 하지만 그 스킬의 정착화에 안주하면 '깊이'가 없어진다. 과거의 나는 그것을 몰랐고, 나찰각에 들어오고 나서야 내가 잘못되었음을 알게 되었다.

　어쩌면…….

　마검사라서 극의를 못 봤다는 건 핑계였을지도 모르겠다.

　'나는 깊게 탐구하지 않았다.'

　천재를 따라잡을 수 없다고 생각했다. 왜 천재가 천재인지, 그 이유를 찾지 않았다. 그들은 천재니까 가능한 거라고 자기 위안했다.

　아니다. 전제부터 잘못되어 있었던 거다. 그들은 스킬을

'분해'할 줄 알았던 것이다. 스킬의 원리, 구조, 그 모든 걸 파악하려고 노력했기에 '극의'에 다다를 수 있었다.

물론 그 역시 재능이라면 재능이라 할 수도 있었다. 완성되어 있는 기계의 겉만을 보고 내부를 조립하는 정도의 공정이기 때문이다.

나는 이곳에서 내부를 들여다보고서야 내 방식이 잘못되었음을 깨달았으니, 이걸 다행이라고 해야 할지, 나 자신의 우둔함에 대해 욕을 해야 할지.

탈혼무정검이 9성에서 멈췄던 건 그저 짝이 되는 '내공심법'이 없어서였고, 다른 마검사의 스킬들은 그저 사용할 줄만 알았기에 10Lv에 도달하지 못했던 것이다.

마검사의 제약은 그저 'S랭크의 스킬'을 배울 수 없다는 데 있었다. 오로지 그것 하나뿐이다. 하지만 그조차도 다른 방법이 있을지 모른다.

그러나 초반의 빠른 성장과 스킬의 사용에만 매료된 탓에 진정으로 중요한 걸 보지 못했다. 외면했다.

'멍청한 놈.'

이처럼 멍청한 일이 또 있을까.

그래놓고 계속해서 극의를 운운하고 있었단 말인가.

창피해서 쥐구멍에라도 숨고 싶은 심정이었다.

크르릉!

이타콰가 다가와 내 얼굴을 핥았다. 얼굴이 순식간에 침범벅이 됐다. 내 마음의 동요를 느끼고 딴에는 위로를 해주려고 한 것이다.

"녀석."

이타콰는 순수했다. 몸집은 컸지만 흰색의 도화지와 같았다.

쓰면 쓰는 족족, 그리면 그리는 족족 모든 걸 그대로 받아들이니 '백보신권'의 성취에 있어선 나보다 녀석이 높았다.

이타콰는 적은 마력을 최대한 활용하여 신체의 공격에 보태는 방법을 익히는 중이었다.

나는 혼자가 아니다. 내게 주어진 시간은 과거보다 많았고, 내가 강해질 방법 역시 무궁무진했다. 모든 건 '나 하기'에 달렸다.

"그럼 다시 붙어보자."

손바닥을 내밀자 이타콰가 꼬리를 움직여 내 손바닥과 마주하게 만들었다.

그러고는…….

수아아아아!

내 손바닥과 이타콰의 꼬리 사이로 바람이 모여든다.

둥그렇게 모여선 나선으로 계속해서 돌고 있었다.

지극히 정교한 작업. 약간의 집중력이라도 흩어지면 나선의 구는 다시 허공으로 흩어지게 된다. 나름의 대결이었다.

시간이 날 때마다 나와 이타콰는 침투경의 원리, 그중 '회전'을 극대화하는 방식에 대하여 이처럼 연습하는 중이었다.

어깨가 가벼웠다.

나는 유설의 충고를 들은 뒤로 전신의 힘을 뺐다. 최선을 다해서 최대의 결과를 낳아도 부족하건만 뻣뻣하게 굳은 상태로는 될 것도 안 되는 법이다.

'피할 수 없다면 즐겨라!'

그 뒤로 나는 이 모든 과정을 '즐기기' 시작했다. 무자비한 고통에 이를 악물 때가 많았지만 이 역시 나아가기 위한 발판이라고 생각하면 한결 나아지곤 하였다.

그러자 주변의 반응도 달라졌다.

"정말 근성 하나는 인정해야겠군."

"보고 있으면 몸이 근질근질해."

"나도 저런 때가 있었지."

야차들은 기본적으로 전사다. 약골인 내가 수없이 노력하고, 부지런히 움직이자 저들 역시 탄력을 받기 시작했다.

압박감도 있었을 것이다.

나는 하루가 다르게 조금씩 달라지고 있었다.

저들도 그 사실을 안다. 매일 보고 있으니까.

밑바닥. 약골이라 생각했던 자에게 따라잡히는 굴욕감을 맛보고 싶진 않을 터.

꾸이익! 꺄가각!

2급 백원후. 내 능력으로는 아직도 상대하기 벅찬 녀석.

내가 또 나타나자 녀석이 자지러지게 웃었다. 매일같이 얻어맞기만 하는 놈이 오늘도 어김없이 오니까 웃긴 모양이었다.

오늘도 심안을 열어 녀석의 상태창을 살폈다.

이름: 2급 백원후(value-7,850)

종족: 짐승

능력치:

　　힘 55b 민첩 60a 체력 53b

　　지능 41b 마력 51b

　　잠재력 (260/300)

스킬: 백팔질주(5성), 자유 낙법(3성), 원후권(6성)

2급 백원후의 능력치는 대략 이 틀을 벗어나지 않았다. 능력치 자체는 3급 백원후와도 비슷하지만 문제는 2급부턴 무공을 안다는 것이었다.

백팔질주와 원후권. 둘은 굉장히 까다로운 조합이었다.

'오늘은, 이긴다.'

하지만 오늘의 나는 달랐다.

오늘만큼은 매우 진지하게 임해보기로 하였다.

자세를 잡고 주먹을 쥐었다. 숨을 크게 들이쉰 뒤 천천히 발을 옮겼다.

구꺄아아악!

이전과 오늘의 내 분위기가 달라졌음을 알아챈 걸까?

백원후가 이빨을 드러내며 흉포하게 날아들었다.

퉁! 투투둥!

허공에서 날아온 원후권은 굉장히 위협적이었다. 마치 주먹이 두 개, 세 개로 늘어난 것만 같은 착각을 줬다. 순식간에 어깨가 긁히고 전신이 뒤로 젖혀졌다.

하지만 근육을 때리는 게 아니라 쌀부대를 때리는 듯한 소리가 났다. 금강불괴로 인한 효과였다. 물리적 타격이 주는 데미지 자체를 줄여주는 외공.

이 역시 의도된 것이었다. 애당초 막을 생각이 없었다.

'살을 주고 뼈를 취한다.'

쿠웅!

백보신권의 묘를 담아 그대로 백원후의 배에 타격을 가했다. 백원후가 주욱 날아가 비틀대며 머리를 흔들었다.

캬아아악!

이내 격분하여 바닥을 밟으며 경공으로 달려든다.

나는 피하지 않았다. 며칠 사이에 금강불괴의 수준이 3성에 달해 있었다.

'3성의 금강불괴는 대략 30%의 물리저항을 갖지.'

1성의 경지가 올라갈 때마다 10%가량의 저항이 추가됨을 온몸으로 느끼는 중이었다. 3성이라면 검으로 찔러도 잘 들어가지 않을 정도는 되는 것 같았다.

투웅! 퍽!

지독한 난타전이었다. 아무리 물리저항이 높아졌다지만 백원후의 공격은 전신을 뒤흔들었다. 하지만 백원후 역시 멀쩡하진 못했다.

금강불괴는 3성이었지만, 백보신권은 아직도 1성이었다.

'초근접하지 않으면 효과를 주기 힘들다.'

대신 초근접하여 공격하면 백보신권만큼 타격을 주는 것도 없을 것이었다.

'지금.'

to be continued

SUPER ACE
슈퍼에이스

예성 장편소설

야구 선수의 프로 계약금이 내 꿈을 정했다.

"왜 야구가 하고 싶니?"

"돈을 벌고 싶어요!
집을 살 수 있을 만큼!"

시작은 돈을 벌기 위해서였다.
하지만 이제는 꿈의 그라운드를 위해서
메이저리그 명예의 전당을 노린다!